어른의 ___ 일

출근 독립 취향 그리고 연애

손혜진 지음

가나출판사

Prologue

어른이 되는 울퉁불퉁한 길

돌이켜 보면 참 굴곡 없는 인생이었다. 커다란 성취도 심각한 실패도 없이 심심할 때쯤 나타나는 고만고만한 요철을 지나왔더니 어느덧 장성한 나이였다. 딱히 어른이 되고 싶었던 것도 아닌데 이미 '어른'으로 분류된 지 오래였다. 그런데도 내가 어른이라는 게 믿기지 않을 만큼 하나도 어른스럽지 않았다. 내가 어른이라니. 내가 어른이라니!

상상해온 어른의 삶은 대하드라마는 아니어도 미니시리즈 정도는 될 줄 알았다. 어른씩이나 되었으니 꿈꿔왔던 소설가가 되었거나 초고속 승진을 하며 업계에 획을 그은 커리어우먼이 되어서, 서재와 드레스룸과 햇빛이 쏟아져 들어오는 큰 유리창에 탁 트인 전망을 갖춘 집에 살 줄 알았다. 시간이

나면 영어로 된 소설을 읽거나 첼로를 켜고 왈츠를 출 줄 알았다. 유난스런 열애 끝에 결혼해 서른 즈음에는 두 아이의 엄마가 되어 있을 줄 알았다. 그런데 뚜껑을 열어보니 내 몫은 일일시트콤이었다. (매일 방영할 만큼 흥미로운 일이 자주 생겨나는 것도 아니니, 말하자면 '격일 시트콤'쯤 되려나.) 서른이 넘어서도 여전히 면접에서 미끄러졌고, 겨우 얻은 방 한 칸의 지분은 내 몫보다 은행 것이 더 컸으며, 취향이 없는 미지의 영역을 만나면 주눅이 들었고, 소개팅은 매번 실패였다.

어제가 오늘 같고 오늘이 내일 같은 삶을 살다가, 때때로 오목하거나 볼록한 요철 같은 에피소드를 만날 때면 글을 썼다. 어른이 되고 내게 요구되는 일들이 많아지면서 다양한 에피소드가 생겨났다. 그때마다 쓴 글들을 모아놓으니 묘하게 닮은 구석이 있었다.

아무도 내게 가르쳐 준 적이 없어서 나로서는 하나하나가 다 낯설고 어이없는데, 어쩐지 나 빼고는 다들 그럴듯하게 잘 하는 것 같은 '어른의 일'이었다.

출근은 노동으로 돈을 벌어 스스로를 먹여 살리는 대다수의 '어른'들이 하는 가장 기본적인 일이다. 취업준비생 시절 출근 시간에 지하철을 탔다가 충격을 받았다. 이렇게 많은 사람들이 출근하는데, 나는 갈 곳이 없다니…. 나도 어디론가 출근하고 싶었다. 그때부터 출근은 나에게 일, 직업, 직장, 수입 등등과 같은 말이 되었다.

독립은 내가 '어른'이 되었음을 새삼 깨닫게 해준 영역이었다. 모든 어른이 독립을 하지는 않지만 어쨌거나 독립은 어른만이 할 수 있는 일처럼 느껴졌다. 부모님으로부터 물리적, 경제적으로 벗어나 홀로서면서 남의 것으로만 여겨졌던 부동산, 대출, 살림과 같은 무거운 단어와도 가까워졌다.

취향은 출근과 독립이 시작되자 보상처럼 주어진 권리였다. 어린 시절 나의 취향은 곧 엄마의 취향이거나 아니면 가성비에 따른 무언가였다. 하지만 출근과 독립으로 돈과 공간이 생겨나자 절대적으로 필요해졌다. 저절로 생겨난다고 생각했던 취향은 뜻밖에도 가만히 있으면 절대 생길리 없는 영역이기도 했다. 그래서 적극적으로 찾아 나섰다.

연애만큼 '어른의 일'이라는 말이 잘 어울리는 영역이 있을까. 어른이 되면 자연스럽게 잘하게 될 일이라고 믿어 의심치 않았다. 하지만 연애는 가장 잘 해내고 싶었음에도 도무지 그 길이 잘 안 보였다. 이 정도면 제법 단단해졌다 싶을 때조차 연애는 보란 듯이 나를 무너뜨렸다. '와아 어른 못 해 먹겠네.'라는 말이 절로 나왔다.

이 모든 '어른의 일'들을 겪으며 힘겨운 순간도 많았지만, 그래도 주로 행복했다고 말할 수 있는 건 글쓰기 덕분이다. 글 쓰는 일만이 괴로운 시간을 버티게 해주었다. 나는 이 책이 독자들에게 '미리 보기'와 '다시 보기'가 됐으면 좋겠다. 별것 아닌 것처럼 보이는 주제에 마음을 할퀴어놓는 숱한 '어른의 일'의 힌트가 되어도 좋겠다. 한편으로 이 책이 편하게 틀어놓은 브이로그 같았으면 좋겠다. '어? 저 사람도 저렇게 사네. 나도 그런데.' 하면서 웃었으면 좋겠다. 쓰면서 내가 위로받았던 것처럼 내 글이 누군가 걷는 울퉁불퉁한 길에 조금이나마 힘이 된다면 오늘도 전반적으로 행복할 것 같다.

「 출근 」 나를 먹여 살리는 일

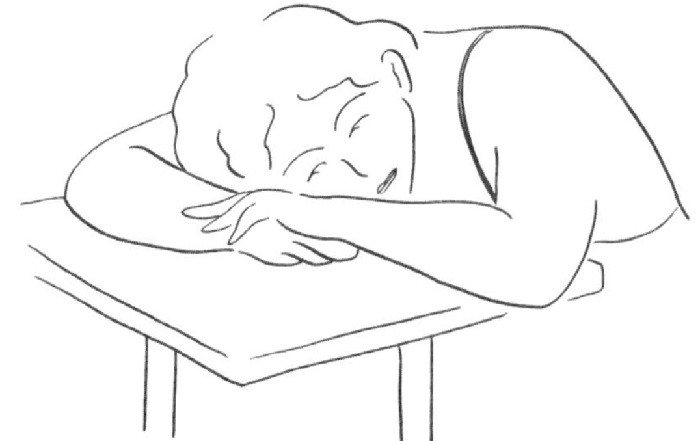

「 독립 」
내 살림을 챙기는 일

「 취향 」

나를 나답게 만드는 일

그리고,「 연애 」

나를 반짝반짝하게 하는 일

「출근」

나를 먹여 살리는 일

「안부를 묻다」

잘 지내?

응, 잘 지내지.

으레 묻는 말에 으레 대답을 하고서는 생각이 많아진다. 무심히 툭 던진 말에 생각이 많아지는 걸 보니 그리 잘 지내지 않는가 보다 싶었는데, 곰곰이 짚어보니 그리 못 지내는 것 같지도 않다. 이 정도면 잘 지내는 거 아닌가?

아프지도 않고, 큰 사고도 없으며, 먹고 싶은 거 먹고, 사고 싶은 거 사며, 하고 싶은 것도 어느 정도는 하고 사니까.

그러나 한편으로, 아프지는 않지만 아픈가 싶을 만큼 늘 피곤하고, 자잘한 사건들이 시시때때로 튀어나와 피로감을 더하며, 엥겔계수가 100에 육박할 지경이라 필요한 걸 겨우 사면서 사고 싶은 걸 샀다고 스스로에게 최면을 걸 때가 많다. 그러니까 난, 잘 지내는 것도 아니지만 그렇다고 못 지내는 것도 아닌 상태로 그럭저럭 지내고 있다. 뭐 다들 그렇겠지만….

별일 없어?

이 질문에 답하려면 어느 선까지가 '별일'인지에 대한 사회적 합의가 필요하다. 이사, 결혼, 입원, 이직, 연애와 이별 정도는 확실히 '별일'에 속하는 듯하다. 하지만 살던 집에 여전히 살고, 다니던 직장에 계속 다니며, 소개팅을 몇 번 하긴 했지만 번번이 연애로 이어지지는 못한데다, 분명 별일이었을 법한 일들이 바로 얼마 전 마무리되어 더는 별일이 아니게 되어버렸다면 뭐라고 답해야 할까?

직장 상사의 결혼과 2주간의 휴가, 새 광고 공개, 좋아했던 티브이 쇼 폐지에 대한 아쉬움 같은 것은 '별일'일까? 그런 것들이 내게는 분명 별일이라 한들, 이미 지나갔거나 곧 지나갈 소소한 일들을 듣자고 내게 물음을 던진 건 아닐 것이다. 그러니까 나에겐, 따지고 보면 너무 많은데 말하려 들면 또 딱히 없는 별일들이 있다.

안녕?

나의 생활에 대한 안녕을 묻는가? 전반적 삶에 대한 안녕인가, 아니면 꿈에 대한 안녕인가? 과연 안녕한가 곱씹을 만큼 나는 마냥 편안하거나 무탈하지 않다.

열두 시간을 일하면 헬스클럽에 가서 한 시간 반 동안 운동할 수 있지만, 열세 시간을 일하면 운동하러 갈 수 없다. (헬스클럽이 문을 닫기 때문이다.) 열네 시간을 일하면 내 돈 1,500원으로 지하철을 타고 밤 열두 시 반에 집에 도착하고, 열다섯 시간을 일하면 회사 돈 37,500원으로 택시를 타고 새벽 한 시에 집에 도착한다. 열두 시간을 일한 자와 열다섯 시간을 일한 자의 업무량과 성과는 눈에 띄게 차이 날까? 하루 세 시간씩 1년이 쌓이고 2년이 쌓이면 결국에는 엄청난 차이가 있을 수는 있겠다.

하지만 11자 복근 대신 허리디스크를 얻고, 하루 최대 100쪽의 지하철 독서량 대신 37,500원짜리 불안감(나는 택시가 무섭다.)이 쌓이는 이면에도 눈을 돌릴 필요가 있다. 거기다 누적되는 피로감은 어찌할 것이며 인간관계는? 재충전은? 연애는? 결혼은? 아이는 어찌할 것인가?

물론 야근이 1년 365일 반복되지는 않고, 업무 역량이 어느 정도 궤도에 오르면 그 빈도가 덜 해질 것임을 알고 있다.

치열한 시기를 겪고 나면 자라긴 자랄 것이다.

자란 키가 얼마나 되는지가 중요할 수도 있고, 자랐다는 사실 자체가 중요할 수도 있다. 어느 것에 초점을 맞추느냐에 따라 '안녕?'에 대한 내 대답은 달라질 것이다.

그러니까 오늘 나는, 잘 지내거나 못 지내지도 않는 상태에서 딱히 별일이랄 수도 없는 별일을 겪어가며 안녕하거나 안녕하지 않게 살고 있다. 눈치챘겠지만, 생각이 많아지고 말이 길어지는 건 불만이 많다는 뜻이고, 그 와중에도 이런 글을 쓸 시간은 있나 보다.

면접을 망쳤다

면접 제안을 받았을 때부터 어쩐지 가고 싶지 않았다. 광고를 하는 사람이라면 선망할 회사임에도 그랬다. 거인 같은 회사 이미지와 그 안에서 만나게 될 잘난 사람들이 자꾸 떠올라 나를 짓눌렀다. 면접 장소에 들어서기도 전에 그런 생각은 말자고 마음을 다잡아도 저절로 주눅드는 걸 막기 힘들었다. 그때까지 "어디서 나오는 자신감이냐?"는 질문을 받았으면 받았지 "자신감을 가져라!"와 같은 격려를 받은 일은 좀처럼 없었는데 말이다.

짧은 면접이 끝나자 줄곧 움츠러든 원인이 드러났다. 마치 내 인생을 통째로 리뷰 당한 것 같은 30분이었다.

내게 자신감이 아니라 자신감의 근거가 없었다는 걸 면접

도중에 알아차렸다. 내가 알아챈 걸 면접관들이 모를 리 없었다. 어쩌면 그들이 먼저 눈치채고서 은연중에 내게 알려주었는지도 모르겠다. 주눅든 이유. 그건 그들이 잘나서가 아니라 내가 못나서였다. 아니, 점점 못나졌기 때문이다.

기본 질문부터 삐걱댔다. 자기소개부터 형편없었다. 이유는 간단했다. 준비하지 않았기 때문이다. 5년 경력 중에 이직이 세 번이나 되는 이유를 묻는 물음에 어려서 잘못 판단했다고, 지금은 후회한다고 말했지만 사실 어려서가 아니었다.

대졸 실업자 시절, 나는 토익 점수 하나 없으면서 어디서 들어본 회사만 골라 이력서를 냈다. 운 좋게 취직에 성공했지만 회사가 마음에 들지 않았다. 나와 다를 것 없어 보이는 사람들이 자꾸 나를 무시하는 것 같았다. 반복되는 야근과 밤샘도 힘들었다. 그러나 퇴사한 가장 큰 이유는 고생스러웠기 때문이 아니라 그 회사가 성에 차지 않았기 때문이다. '쥐꼬리 월급으로 사람을 부려먹으면서 무시하기까지 하다니!' 하며 박차고 나온 뒤부터 내 경력은 꼬이기 시작했다.

두 번째로 일했던 곳은 프랜차이즈 학원이었다. 시간제 강사였는데 월급은 넉넉하지 않았지만 여유 시간이 많았다. 하지만 그때도 구직사이트에 들락거리거나 공부를 한답시고 영어 카페에 죽치고 있는 것 말고는 딱히 한 일이 없었다.

그러던 어느 날 해고를 당했다. 학원 형편이 어렵다는 이유였다. 그때 안 잘렸으면 지금까지도 어영부영 시간을 보내고 있었을지도 모르니 오히려 잘된 일이었다. 하지만 해고 이후에도, 다른 회사에서 6개월간 인턴을 할 때도 내 자세는 달라지지 않았다.

인턴으로 일하는 동안에는 간섭하는 상사도 없이 널널한 업무량에 칼퇴근을 했지만, 이력서를 쓰거나 영어시험을 보려고 하지 않았다. 귀찮고 재미없었다. 순식간에 계약 기간이 끝나고 다시 백수가 되었다. 그리고 석 달 뒤, 드디어 제대로 취직을 했다. 매일 취업 포털사이트를 훑고 토익 공부에 운전도 배우며 스펙을 쌓았기 때문이 아니라, 현실을 받아들인 덕분이었다. 그래서 오라는 곳으로 헐값에 불려갔다.

생각해보면 대책 없는 채용이었지만 다행히 나는 시키면 곧잘 하는, 아니 적어도 펑크는 안 내는 직원이었다. 야근에 밤샘에 시키는 일을 꼬박꼬박 하고, 간혹 안 시킨 일까지 했지만 주어진 일을 충실히 해내기보다는 임기응변으로 처리할 때가 많았다.

일을 눈앞에 두고서 어떻게 해야 할지 몰라서 허둥대기도 했다. 일이 많다고 징징댔지만, 일을 효율적으로 잘해보려고 애쓴 시간보다 뉴스 기사를 읽으며 낄낄대거나 커피를 마시며 흘려보낸 시간이 더 길었다.

그런 식으로 일해온 내게, 면접관이 일할 때 가장 큰 강점이 무엇인지 구체적 성과를 예로 들어 설명해달라고 하자, 무척 당황스러웠다. 3년 반 동안 자리에 엉덩이를 붙이고 버틴 것밖에는 딱히 떠오르는 것이 없었다.

그런 속마음을 감추고, 처음에는 짐짓 자신 있는 목소리로 "살림을 잘 꾸립니다." 하고 대답했다. 광고 기획자로서 해야 할 모든 업무를 총괄할 수 있다는 의미였다. 제안서 쓰고, 프레젠테이션 하고, 일정과 예산을 짜고, 계약서·견적서 같은 서류 처리에다, 사이트 구축과 운영, 콘텐츠 기획·작성·편집에 광고 제작·집행은 물론, 고객 응대에 협력사 핸들링까지 문제없다고, 전천후 기획자인 듯이 대답했다. 그러나 면접관은 추가 설명도 하기 전에 '그 얘긴 잘하는 게 없다는 소리'라고 잘라 말했다. 그래서 급하게 튀어나온 대답이 '콘텐츠에 강하다.'였다. 그처럼 두루뭉술한 말을 내뱉고 나니 이제껏 내가 해낸 일이 매우 애매해 보였다. 그렇다면 앞으로 내가 해낼 수 있는 일 또한 모호할 것이다.

결정적인 부끄러움은 내가 1년 넘게 맡아온 브랜드의 핵심 홍보 컨셉을 물었을 때 찾아왔다. 면접관들은 대답을 하는 나를 멈추게 하고, 질문의 요지를 다시 한번 설명하면서 명확한 답을 요구했다. 나는 알 듯하면서도 도무지 닿지 않는 그들이 원하는 대답을 더듬어가면서 열이 났다. 내가 핵심은 모른 채 곁가지에 치우쳐 일했음을, 깊이 없이 겉만 핥아온 그저 그런 사람이었음을 대답을 하며 깨달았다. 그 순간 전문가들 앞에서 발가벗겨진 기분이었다.

기획서는 기승전결이 있게 쓸 줄 모르며, 파워포인트 자료를 촌스럽게 만들고, 근근이 구멍 난 스케줄이나 막아내는 흔해 빠진 노동자. 1년 넘게 운영한 채널의 컨셉도 제대로 이해하지 못한 채 누구나 할 수 있는 말을 대답이라고 내놓는 면접자. 현재 장점은 10년 전 대학 입학 때와 별반 다르지 않고, 면접관들에게 고작 10분 만에 당황하는 표정을 읽혀버리는 아마추어. 그게 바로 나였다.

무엇보다 이 일을 하겠다는 절실함(이게 너무 과한 단어라면 '의지'나 '열정' 정도로 순화하자.)을 찾을 수 없고, 시간을 죽여가며 가끔 부르는 면접이나 왔다 갔다 하는 무기력한 구직자의 모습을 나를 면접할 만한 경력자라면 누구나 읽어낼 수 있었다.

어학연수 이후 영어공부에 게을렀고, 트렌드를 읽으려 하지도 않았으며, 과거를 돌아보고 그로부터 무언가를 배우고 개선해야겠다는 생각 자체가 없었다. 그런 내 본 모습을 그들이 알아버렸다. 시간은 있었으나 내가 안했으므로, 그들의 '이런 아이라면 곤란한데….' 하는 얼굴 앞에서 미안했다. 사람 밑바닥까지 꿰뚫어 볼 듯한 그 눈들도 대단했지만, 내 두께가 얇아도 너무 얇았다. 무작정 잘될 거라는 생각은 자만이었다.

언제나 '이보다 더 열심히 할 수 없는' 지점이 궁금했다.

늘 '더 잘할 수 있을 것 같은데 안 한' 지점에서 겨우겨우 일을 마쳤다. 중고등학교 시험에서도 그랬고, 대학교의 과제에서도 그랬고, 내가 참여했던 동아리나 회사의 프로젝트에서도 역시 그랬다. 취업준비나 어학연수에서도 마찬가지였다. 망친 적은 없었지만 역작 역시 나온 적 없는 어중간한 상태로 평생을 살았다.

나를 가로막은 건, 전공도 취업난도 영어도 계층 이동이 점점 어려워지는 사회구조도 아니었다. 한 번도 온 힘 다해 노력하거나 끈기 있게 밀어붙이지 않은 나 자신이었다. 도전하지 않았으므로 실패할 수 없었고, 노력하지 않았으므로 좌절할 수 없었다.

고백하건대 이제까지 나는 할 수 있는 양의 80퍼센트만 해왔다. 운이 좋아 80으로 100의 성과를 내자, 그 뒤에는 60만 해서 80을 얻었다. 점점 60짜리 아니 그보다 더 옅은 농도로 사는 데 익숙해졌다. 그러다 더 이상 스스로의 능력치를 알 수도 믿을 수도 없게 되었고, 최고 명문대를 나와 최고 광고회사에 들어간 사람들 앞에서 주눅들었다.

단순히 그 사람들이 잘나서가 아니었다. 그들이 고액과외를 받고 토익 점수를 만들고 입사 확률이 높은 사람들끼리 취업스터디를 할 때, 나는 아무것도 하지 않았기 때문이다. 그러면서도 일단 그들과 같이 일하게 되면 어떻게든 따라가게 될 거라는 망상에 빠져 있었다.

이제 어떡할까? 앞으로도 내가 바뀔 거 같지 않아 짜증이 난다. 나와 잘난 그들 사이에 벽을 세우고 도무지 넘어갈 수 없다면서 포기할 것 같아 두렵다. 그러면서도 무얼 어디서부터 시작해야 할지 모르겠고, 열심히 살기는 여전히 귀찮고, 성공만 하고 싶다. 이런 나를 어쩌면 좋을까?

다시 하루가 시작된다. 오늘은 제대로 시작할 수 있을까? 하아…. 며언저업 같은 밤이다.

징징
징징
징징

어학연수에서 얻은 것

서른 넘어 캐나다 어학연수를 다녀온 걸 알게 되면 사람들은 늦은 나이에 멀쩡하게 잘 다니던 직장을 그만두고 떠난 이유를 묻곤 한다.

그 질문에는 무언가 파혼이나 해고같은 어학연수를 떠날 수 밖에 없는 '대단한 이유'가 있을 거라는 짐작이 깔려 있는데 전혀 아니었다. '회사를 멀쩡하게 잘 다니는 것'이 무엇인지 저마다 생각이 다르겠지만 내가 퇴사하고 어학연수를 떠난 까닭은,

1. 이직하려고 봤더니 개나 소나 영어능통자를 찾아서
2. 외국계 클라이언트와 영어로 소통할 일이 많아서

3. 야근에 철야가 밥 먹듯이 이어져도 쥐꼬리만큼 버는 이유가 영어 실력 때문인 것 같아서

4. 싸이가 영어를 못했다면 <강남스타일>이 그 정도로 성공하지는 못했을 거라고 생각해서

5. 그냥 영어를 잘하고 싶어서

6. 늘 얹힌 음식처럼 영어가 답답한 콤플렉스였는데 경력이 쌓인 뒤에도 그 콤플렉스가 여전해서

대략 이런 이유들에서였고, 1번에서 6번까지를 상황에 따라 적절히 선택해 대답하곤 했다.

면접 때는 1번과 2번, 6번을 섞어 대답했고, 오랜만에 만난 친구에게는 3번을, 잘 모르는 사람에게는 4번을, 기분이 내키면 그저 은전 한 닢이 갖고 싶었다던 늙은 거지의 이야기를 담은 피천득의 수필 <은전 한 닢>을 예로 들며 5번을 말하곤 했다.

어학연수를 다녀와서 1번 이유는 '영어 능통자 우대'라고 쓰여 있던 구인 공고를 뚫고 취업하며 어느 정도 해소했고, 6번의 콤플렉스는 그사이 저설로 없어져버려서 해결되었다. 그러나 나머지 이유들은 여전히 남아 있다. 연수 이후, 공부를 꾸준히 이어오지 않았기 때문이다.

캐나다에 있는 동안 상승세를 타던 영어실력은 귀국 후 금

세 곤두박질쳤다. 토익 공부도 미지근했고, 외국인 팀원과 농담 따먹기를 하거나 밴쿠버에서 만난 다른 나라 친구와 가끔 채팅할 때 외에는 영어를 거의 사용하지 않은 까닭이다. (그사이 영어학원에 2주간 출석하긴 했지만.)

어학연수를 떠나던 때의 간절함이 무색하리만치 영어 실력이 바래갈 즈음, 회사에서 '글로벌'이라는 이름을 달고 무려 아시아 5개국에서 진행되는 프로젝트를 맡게 되었다. 그 프로젝트에서 내가 한 일이라고는 사전을 뒤져가며 겨우 쓴 메일을 홍콩으로 보낸 게 다였지만, 잠깐이나마 연수를 다녀온 보람을 느꼈다. 그러다 영어를 제대로 쓰게 된 일이 생겼다. 내가 담당하던 프로젝트의 모델이었던 한류스타의 칠레 페이스북 페이지 운영자에게 영어로 메시지를 보낸 것이다. 나는 누구이며 왜 당신에게 연락했고, 당신이 운영하는 페이지와 무엇을 하고 싶은지를 영어로 이야기했다. 그리고 그 뒤로 페이지 운영자와 메시지를 주고받았고, 그 먼 칠레에서 한국 연예인을 사랑하는 마음에 관해서도 대화를 나눴다. 다른 나라, 다른 문화 속에서 사는 우리가 영어로 소통하며 일을 벌여가는 과정이 참으로 신기했다. 나는 그 일을 하며 흥분했고, 가슴이 벅차기까지 했다.

내가 '서른 넘어' '멀쩡히 잘 다니던 직장' 때려치우고 '혼

수 할 돈'으로 어학연수를 떠났던 이유를 앞서 열거한 몇가지 사례로 명쾌하게 설명할 수 있을까? 아무리 생각해봐도 잘 모르겠다. 하지만 정확한 곡절이야 어떻든, 다른 나라 사람에게 먼저 영어로 메시지를 보내는 일은 어학연수 이전에는 결코 불가능했을 테다. 그러니 기쁠 수밖에.

어학연수 별거 아니라고, 대학생 태반이 가는 거 나는 조금 늦게 다녀왔을 뿐이라고 말해왔지만 영어로 대화 좀 나눴다고 기쁜걸 보니 속으로는 어학연수를 '별거'라고 생각해왔나 보다. 어학연수 시절은 떠올리기만 해도 기분이 좋아졌기 때문에 그 정도만으로도 캐나다에서 쓴 시간과 돈의 값어치는 충분하다고 생각했다. 그런데 영어로 일을 해보니 그 이상이었다. 앞으로 영어 쓰는 경험이 더 늘어났으면 좋겠다. 그리고 그때마다 행복했으면 좋겠다.

「 그래도 조금씩 자란다 」

광고 업계에서 5년 정도 일하면서 몇 번이나 폭풍 같은 시절을 겪었다. 매우 힘들지만 지나고 나면 배운 게 많은 시간이기도 했다. 그런데 가끔은 고생한 정도에 비해 별로 배우는 게 없었던 때도 있었다. 그런 순간에는 불행하다고 느꼈던 것 같다.

회사를 박차고 나와 캐나다로 떠날 때만 해도, 아니 돌아와서 비루한 영어 실력을 이력서에 적어넣으며 이직을 준비할 때만 해도, 나는 내가 하고 있는 광고 기획이라는 일이 노동 강도에 비해 합당한 대접을 못 받는다고 생각했다. 혹독한 시간을 여러 번 견뎠고 충분히 배웠으니 이제는 그만 다른 세계로 가야 할 때라고 믿었다.

하지만 다시 동종업계의 회사에 들어와서 1년이 지나자 '내가 조금 달라졌구나'라는 생각을 종종 한다. 전에는 내가 제법 특출난 줄 알았는데 지금은 나도 그저 그런 사람일 수 있겠다는 생각이 든다. 자연스럽게 다른 사람을 평가하거나 재단하는 일을 덜 하게 되었다. (차마 그만두었다고 할 수는 없다.) 누군가를 혼내거나 탓할 입장이 아니라는 생각이 들었기 때문이다.

나는 어디를 가든 사랑받고 관심받는다고 생각했는데 그렇지 않을 수 있다는 것도 알았다. 적응을 잘한다고 생각했는데 그 또한 늘 그런 건 아니라는 사실을 깨달았다. 그때부터 관심 받지 못하는 존재에 대한 배려와 적응이 느린 사람들에 대한 이해가 조금 생긴 것도 같다. 일이 많은 건 무조건 나쁘다고 생각했는데 이제는 업무시간이 꽉 차지 않는 느낌이 들면 정시 퇴근이 불편하다. 일이 적은 것보다는 많은 편이 좋고, 몸이 좀 피곤해도 야근을 하는 날은 이상하게 마음이 편하다. 전에 다니던 회사에서보다 일의 규모가 훨씬 커졌고 시도할 수 있는 아이디어도 많아졌다. 여러 가지를 해볼 수 있다는 것 자체가 장점이라는 것을 알기에 업무량이 많아도 기꺼이 받아들이고 있다.

이번 주는 내가 새 브랜드를 맡은 이래로 가장 힘든 한 주였다. 처음 해보는 일이 많고 일의 양도 많은데다, 수많은 낯선 사람들을 상대해야 해서 피로도가 어마어마했다. 머리가 아파 집중이 안 되고 잠은 부족하고, 일은 줄어들 기미가 없는데 감기는 찾아오고 살도 빠졌다. 아… 정말 너무하네… 하면서 금요일 오후를 맞았는데, 그간에 누적된 피로를 한 방에 날려버리는 사건이 찾아오고야 말았다. 피로를 해소해 준 것이 아니라 이제까지의 피로를 아무것도 아니게 만들 만큼 강력한 스트레스가 덮쳐 왔다는 이야기다.

사건의 서막은 모델이 약속된 날짜에 촬영을 못하겠다고 나선 것에서부터 올랐다. 모델 측은 금요일 오후 세 시에 대뜸 연락해서는, 돌아오는 월요일에 예정된 촬영을 취소하겠다고 이야기했다. 순간 정신이 아찔했다. 순식간에 천만 원의 손해가 발생할지도 모르는 상황이었다. 촬영일을 조정해서 겨우겨우 사태를 진정시켰는데 문제는 계속해서 터졌다. 아무리 일을 해결하려고 노력해봐도 안 되는 상황에서 결국 돌아온 건 '네가 잘못했기 때문에'라는 질책뿐이었다.

처음에는 내가 대체 무엇을 잘못했나 하는 생각이 들었지만, 수많은 통화와 메일과 반복되는 모델 측의 '안 된다'는 말 끝에 어렴풋이 내가 했어야만 했던 일의 윤곽이 보이기 시작했다. 다음에는 이렇게 당하지 않기 위해 이날의 교훈을 기록으로 남긴다.

〈두서 없는 교훈〉

✔ 일을 엎으려는 사람은 없다. 하지만 책임지려는 사람도 없다.

✔ 귀찮고 어쩐지 두려워도, 진돗개처럼 물고 늘어져 아주 구체적인 '확인'을 해야 한다.

✔ '하루'를 모두 다른 의미로 쓰고 있다. 근로기준법의 하루는 여덟 시간이지만 제작진에게 하루는 이십사 시간이다.

✔ 요즘 같은 세상에도 티브이가 아니라 디지털로 송출될 광고라고 무시하는 사람들이 이렇게나 많다.

✔ 때때로 우리 팀장님이랑 그쪽 이사님의 통화 한 번이 내가 그쪽 대리님에게 쓴 메일 열 통보다 낫다.

끝까지 책임을 지겠다는 말을 아무도 하지 않기에 그 틈을 노려 "제가 모든 사태에 책임을 지고 이 업계를 떠나겠습니다." 했더니… 내 퇴사가 그만큼의 가치가 없다는 답변을 들었다. 젠장.

마감이 나를 구원할 거야

내가 믿는 신이 있다. 이름은 '임박 신'으로 어떤 때가 가까이 닥쳐옴을 의미하는 '임박'과 '신(神)'의 합성어다. 신을 만든 사람은 나다. 아니 더 정확히 말하자면, 내가 그의 이름을 불러주었고, 그가 내게로 와 신이 되었달까. 믿음이나 영험함의 정도는 다르겠지만 누구나 살면서 한번쯤은 만나봤을 그 신(神), 나는 '임박 신'을 믿는다.

임박 신은 이름처럼 무엇인가가 임박했을 때 강림한다. 중간고사, 리포트 제출, 경쟁 프레젠테이션 기획서 만들기, 보고서나 이력서 쓰기 등의 마감이 닥쳤을 때 주로 등장한다. 임박 신이 늘 등장하는 건 아니다. 주로 중요하고, 그 기한을 지키지 않으면 소용이 없어져버리는 일을 앞두고서야 만날 수 있다.

며칠을 끙끙대도 안 나오던 아이디어가 마감 전날 아침에 머리를 감다 불현듯 떠오른다거나, 밤새 다 못 쓴 리포트가 제출일 아침 학교 가는 지하철 안에서 제일 잘 써진다거나, 시험 직전 10분 동안 친구가 내는 퀴즈가 놀라울 만큼 머리에 쏙쏙 들어온다거나 하는 경험. '나에게도 이런 집중력이 있다니?!' 했던 그 순간에 임박 신을 만났다.

가끔이긴 하지만 알람을 끄고 다시 잠들었다 늦게 일어난 아침에도 임박 신이 찾아온다. 평소라면 출근 준비에 30분은 걸리지만, 신이 찾아온 날에는 10분이면 샤워하고, 옷 입고, 비비크림 바르고, 머리까지 말리고 신발을 꿰어 신을 수 있다.

나는 임박 신이 꽤 자주, 세게 오는 편이다. 나는 신을 만들었고 신은 내게 능력을 주었다… 라기보다는, 마감이 정해지면 힘이 솟는 스타일이다. 마감을 어길 배짱이 없어서, 혹은 약속을 지키고 싶어서일 수도 있지만, 이유야 어쨌든 마감 직전에 고도의 집중력이 생겼고, 그 집중력으로 어떻게든 완성은 시켰다. (완성도는 별개로 한다.) 광고회사에서 일하며 제출한 수많은 제안서와 보고서는 그런 기운으로 만들어졌다.

나는 여전히 난이도가 높아도 일정이 정해져 있는 일이 더 편하다. 마감은 밤샘과 스트레스의 친구이면서 동시에 자유

의 입구다. 마감을 통과하면 그 일에서 벗어날 수 있으니까. 무언가를 지켜냈다는 뿌듯함과 끝이 주는 해방감, 그 덕분에 나는 학교도 졸업하고 회사도 다녔다.

임박 신을 만나기 위해 스스로 마감을 심기도 한다. 애초에 2주의 기한을 주었는데 1주로 줄여버리거나(어차피 기간 내내 애만 태우다 막상 그 전날 시작할 테니까.) '급한 것이 아니니 되는 대로 달라'는 말에도 되도록 일정을 못박는다.(아니면 아예 시작을 안 할지도 모르니까.) 물론 마감을 정한다고 해도 늘 지키는 것은 아니다. 마치지 못하고 미루거나 포기하는 것들도 나온다.

가끔 마감 전날도 아니고 마감 일에 일을 시작하는 스스로에게 놀라기도 하지만 그래도 난 임박 신을 믿는다. 마감만이 나를 구원할 거니까.

출근을 허락해주셔서 고맙습니다

인류가 만들어낸 제도 중에 회사, 그중에서도 '출근'을 좋아한다. 회사 가기 싫었던 날도 있었지만 주로 즐거이 출근했다. 가만 돌이켜 보면 출근이 싫었던 날도 회사에 가기 싫었다기보다는 좀 더 자고 싶어서였다.

그래서 불러주는 회사가 없던 시절은 그 어떤 때보다 힘들었다. 지독한 이별을 했을 때도 죽을 것 같지는 않았는데 취업이 안 되니 죽을 것 같았다. 세상 쓸모없는 사람이 바로 나라는 생각이 들었다. 회사에서 일을 할 때에는 내가 세상에, 세상까지는 몰라도 이 회사에, 회사까지는 몰라도 이 프로젝트에 쓸모 있는 사람이 된 것 같아서 좋았다.

나는 월요병이 없다. 교회에 가느라 일요일에도 일찍 일어나는 버릇이 월요일 컨디션을 유지하는 데 도움을 주었을 것이다. 하지만 회사에 가도 좋은 마음, 그 마음이 나의 월요일을 지킨다. 회사에 가고 싶어 죽겠고, 내일이 기대되고, 오늘은 무슨 일이 일어날지 궁금해 미치겠는 것은 아니다. 다만 회사에 가는 게 싫지 않고, 내일이 두렵지 않으며, 오늘이 빠르게 지나간다. 휴가보다 일이 좋다거나 주말보다 평일이 좋은 것도 물론 아니다. 평일과 주말이 구분된 생활을 사랑한다. 어딘가에 오아시스가 있어 사막이 아름답듯이, 고된 일주일의 끝에 주말이 있어 평일이 아름답다고 생각하니까.

회사는 여름엔 시원하고 겨울엔 따뜻하다. 밥 먹을 시간이 있고, 그 밥을 나누어 먹을 사람이 있고, 그 사람이 심지어 수다스러운 나의 이야기도 들어준다.

회사는 산만한 나를 집중하게 만든다. 슬픈 나를 울지 않게 해준다. 가난한 나를 잠시라도 인심 나는 곳간의 노릇을 하게 한다. 제멋대로인 나를 제법 사회적인 인간으로 살게 해준다.

회사가 있어서 참 좋다. 그동안 나를 불러주었던 회사들에게 고맙고, 오늘도 내게 출근을 허락한 이 회사에 고맙다. 할 수 있는 한 오래, 출근하고 싶다.

집으로 일을 가져왔을 때

일은 회사에서 하고 잠은 (내) 집에서 자는 게 좋다. 무슨 당연한 소리를 하나 싶겠지만, 일과 생활을 분리하기가 쉽지 않음을 경험했기 때문에 굳이 하는 소리다.

야근이 아무렇지도 않은 날이 있는가 하면, 잠시도 회사에 있기 싫은 날이 있다. 일이 힘든 날에는 아무리 붙잡고 있어도 안 풀린다는 걸 알지만, 꼭 그럴 때일수록 마감이 얼마남지 않았다. 그러면 얼마간 고민 끝에 '그래! 집에 가서 하자!'라는 결론이 나온다. 열어놓았던 각종 파일들을 개인 메일로 보내고, 짐을 싸서 집으로 간다. 하지만 집에 도착하면, 일단 하루종일 시달린 고민과 미세먼지들을 씻어내고 싶다.

'그래! 개운하게 씻고 하자!'

씻고 나면, 개운한데 나른하기도 해서 조금 쉬고 싶다.

'그래! 잠깐만 폰 좀 보고 하자!'

유튜브엔 이슈가 넘치고 인스타그램엔 예쁜 사람이 너무 많아서, 책상 앞에 앉기까지 오랜 시간이 걸렸지만 결국 앉긴 앉았다. 자, 이제 아까 보내놓은 메일을 열 차례.

'어? 이 원피스 예쁘다.'

'어? 이 브랜드 세일 하네?'

'어머, 둘이 사귄다고?' 하고 쇼핑몰 썸네일과 뉴스레터와 실검을 두루 들른다. (마케터들, 일 참 잘한다.)

'내가 뭐 하는 중이었더라? 맞다, 메일!'

마침내 메일을 열고는 의외로 굉장한 집중력으로 일에 속도를 붙여가지만, 이번엔 허리가 문제다.

'자세를 좀 바꿔볼까?' 하고 노트북을 들고 침대에 앉아 몸을 벽에 기대고 무릎을 세우고 몇 자 뚜닥뚜닥 하면 아까보다 허리가 더 아프기 마련이고, 노트북을 내려놓고 턱을 괸 채로 자료를 이리저리 뒤적거리다 보면 등과 목까지 뻐근하고, 그러니 '잠깐만 드러눕자.' 하는 순간이 온다. 그러면 이제 일은 글렀다고 할 수 있다.

사실 집에 일을 가져온 순간부터 글렀지만 아직 끝이 아니다. 잠깐만 드러눕자 했는데 깜박 잠이 들었고, 깨어나면 보통 시간은 자정을 넘어 새벽으로 가는 중이다. 불을 켠 채

베개도 베지 않고 누워 있으면, 자는 것도 깨어 있는 것도 아니다.

'그래! 깔끔하게 한 시간만 자고 맑은 정신으로 일하자!' 결심하고는 알람을 맞추고 불을 끈다. 그때부터 나를 빨아들이던 침대가 나를 뱉어낸다. 30분쯤 뒤척대다가 겨우 잠이 들려고 하면 알람이 시끄럽게 울린다. '한 시간'의 압박 때문에 제대로 못 잤다. 아까보다 더 피곤하다.

'그래! 집중하면 두 시간이면 할 수 있으니까 두 시간 일찍 일어나자!'

다시 알람을 맞추고 누우면 이제는 잠도 글렀다고 할 수 있다. 온갖 꿈에 시달리다가 알람도 울리기 전에 눈을 뜬다. 그때라도 일어나서 일을 하면 다행이지만 알람까지 시간이 좀 남았음에 안심하며 다시 잠을 청한다. 드디어 평소보다 두 시간 빠르게 알람이 울린다. 그리고 평소보다 두 배쯤 빠른 속도로 알람을 끈다. 그리고 5분만 딱 더 자고 일어나야 하는데 맙소사! 지각이다! 왜지? 왜 알람 못 들었지? 결국 일도 못하고 잠도 못 잤다.

'아! 내가 다시는 집에 일 가져오나 봐라!'

하지만 옆자리 동료가 하나둘씩 집으로 돌아가고 따뜻했

던 사무실 공기가 차갑게 식으면, 어제의 실패를 부정하고 싶기 마련이다.

'오늘은 씻지 말고 일부터 하면 되지 않을까?.'

마음을 먹고 집에 왔건만 이번엔 씻지도 않고 잠들었다. 새벽녘에나 화들짝 깨어나서 씻고, 씻고 나니 잠은 달아났지만 일은 하기 싫어 기어코 웹툰을 열고 마는 것이다…

내일은 나를 믿지 말자. 일은 회사에서. 제발 일은 회사에서.

직장인의 필수 병,
허리디스크

이 정도면 최근에 생긴 통증은 아니라는 의사의 말에 그 시작을 가늠하다가 깜짝 놀랐다. 10년, 어쩌면 12년쯤 된 통증이었다. 처음에는 교통사고 후유증이라고 생각했고, 나중에는 불편한 책상 때문에 잠시 악화된 줄 알았던 통증. 그 뒤로 근 10년간 꾸준히 아팠지만 하루에 열두 시간 넘게 책상 앞에 앉아 있으니 안 아픈 게 이상한 거라고, 현대를 살아가는 사무원이라면 누구나 이 정도쯤은 아프다고 믿었다. 그러다가 앉으나 서나 걸으나 멈추나 '아 씨, 왜 이렇게 계속 아파!' 한 것이 고작 며칠인데 그사이에 생각이 엄청 많아졌다.

나는 척추를 중심으로 내 몸의 왼쪽 오른쪽을 아주 명확하게 구분할 수 있다. 물론 왼쪽과 오른쪽은 누구나 구분하겠지만 뭐랄까… 왼쪽의 존재감이 특히나 뚜렷하달까, 시끄럽달까? 걷거나 서면서 왼쪽 발에 체중이 실릴 때면 왼쪽 발끝이 '아이고 무거워.' 하고 내 몸무게를 원망한다. (쳇, 그렇게까지 무거운 건 아니라고….) 반면에 오른쪽은 마치 없는 듯이 조용하다. 건강은 이렇게 조용하고 존재감이 없는 거였구나하고 생각하는데 다시 왼쪽이 말한다. '아야, 아파! 아프다고!'

셋이 모이면 그중에 하나는 허리통증을 겪는 도시에 살고 있다 보니 공유되는 치료 방법이나 운동이 다양하다.

그러고 보니 허리 아프다는 사람은 많은데 완쾌되었다는 사람은 못 봤다. 누군가 허리디스크라고 하면 '저런, 얼마나 아플까!' 하고 상상만 했는데, 이렇게나 지속적이고 생생한 통증인 줄 겪어보기 전에는 미처 몰랐다. 온종일 허리며 엉덩이, 다리, 팔이 아프다고 호소해대는 통에 그쪽으로 소모되는 에너지가 상당하다. 며칠째 제대로 씻지도 못하고 잠들었다가, 수시로 통증에 깬다.

아픈데다가 피곤하기까지 하니 짜증 폭발의 끓는점도 매우 낮아졌다. 엑셀 수식이 잘 안 먹힐 때, 목걸이 줄이 꼬여서 풀리지 않을 때 순식간에 분노가 수직상승해 이러다 큰일 나겠다 싶었다. 아주 위험한 순간이었다. 디스크가 생활 전반을 휘젓는 질병이었다니…. 그래도 그렇지, 디스크라니 너무 식상하지 않은가.

일하는데 허리가 너무 아파서, 앉아서 자판을 두드릴 수 없을 지경이 됐다. 앉아서 쓰다가 누워서 허리를 좀 폈다가 다시 일어나서 기지개 펴기를 반복하다가, 아이폰에 있는 음성자판 기능을 생각해냈다. 내가 사피엔스라서 고도로 발달된 기기를 사용할 수 있는 것은 다행이다. 하지만 내가 사피엔스라서 이족보행을 하는 바람에 다른 척추동물에 비해 디스크에 걸릴 위험이 크다는건 매우 불행한 일이다.

내가 얼마나 아픈가 하면 아주 오랜 옛날 이족보행을 시작한 그 유인원이 원망스러울 만큼 아프다.

성인 여드름으로 긴 시간 고통 받았을 때에는 얼굴에 여드름 나는 것만 아니라면 다 괜찮다고 생각했다. 적어도 나의 고통이 다른 사람 눈에 보이지는 않을 테니까. 하지만 지금은 '허리가 생명이다.' 같은 말이 괜히 있는 게 아니라며 허리만 안 아팠으면 싶다. 차라리 골절이나 맹장염같이 회복 방법이나 기간이 정해진 고통이면 편할 것 같다. 이래 놓고 막상 어디 한 군데 부러지면 '허리 아플 땐 그래도 움직일 수는 있었어.' 하고 이때를 그리워하겠지.

누군지도 모르는 이족보행의 시초를 원망한다거나 골절이나 맹장염을 부러워한다고 해서 통증이 없어지지는 않으니, 좀 더 발전적인 생각을 해보도록 한다. 이를테면 통증의 장점. 먼저 다른 사람들의 자세를 관찰하게 되었다. 이전에는 누가 어떻게 앉아 있는지 별 관심이 없었다. 이번 기회로 요즘 사무원들의 자세는 정말 엉망진창이라는 것을 알게 되었다.

목디스크를 심하게 앓았던 옛 동료의 치유 간증을 들을 기회가 있었다. 치료법은 '퇴사'였다.

손을 쓸 수 없을 정도로 안 좋았는데 퇴사하자마자 디스크가 씻은 듯이 나았다고 했다. 사무직이란 척추 건강에 얼마나 해롭던가. 나는 디스크를 직장인의 필수 병으로 받아들이기로 했다. 대략 나의 치료계획은 이렇다. 우선 믿을 만한 병원을 찾는다. 치료를 받으며 꾸준히 필라테스를 한다. 일말의 통증도 남지 않을 때까지. 아마도 오랜 시간이 걸릴 테지만 멈추지 않기로 한다.

앉으나 걸으나 심지어 누워서도 아픈 몸을 보며 그동안 내가 얼마나 비뚤게 앉아왔는지, 짝다리를 짚어댔는지 어렴풋이 알게 됐다. 사람이 태어나 혼자 앉기까지 6개월, 서는 데 11개월, 걷는 데 12개월 이상의 시간이 걸린다. 아직 젊은 때에 치료 의지가 활활 타오르는 것도 나쁘지만은 않다. 다시 제대로 앉고, 서고, 걷는 법을 배우리라. 그리고 남은 생은 개운한 몸으로 살아가야지. 오늘 밤에도 통증이 바람에 스치운다.

아직, 내 꿈은 소설가

대학 졸업 전까지 나는 소설가가 될 것임을 의심치 않았다. 소설가가 되는 길로 곧장 뛰어들지 않고 취업의 길로 들어선 것도 이대로 소설가가 되기엔 나의 경험과 시야가 너무 좁다고 생각했기 때문이다. 5년만 회사에 다니며 경험과 상식을 획득한 뒤 글을 쓰려는 야심 찬 계획이었다.

첫 회사를 6개월 만에 도망치듯 그만두고 알바에 인턴에 계약직을 거쳐 정규직이 되고 보니 졸업한 지 3년이 흘러 있었다. 그래도 그 당시에는 정말 작가가 되려고, 더 많은 경험으로 내가 할 수 있는 이야기의 폭을 넓히려고 회사에 다닌다고 생각했다.

이 모든 경험이, 진상 고객이, 못된 동료가 다 좋은 글을 쓰는 원동력이 될 거라고 믿었다.

회사에 다녀보니 신입이 획득할 수 있는 경험과 상식이 대리, 과장과 다르고, 20대와 30대의 경험과 상식도 너무 달랐다. 어쩔 수 없이 이런 상식들을 획득하는 데 골몰하느라 장래희망을 가끔 잊어버리지만 여전히 소설가를 꿈꾸는 건 퍽 도움이 된다.

'벌써 너무 오래 산 건가…' 싶을 만큼 이전 삶에서 상상해보지 못한 거지 같은 일을 만날 때면 '아싸, 소설 소재!'라고 생각하며 일기에 적어두면 스트레스가 좀 덜하다. 다 자란 성인이라 성장과 변화의 여지가 없는 너무나도 완성형인 쓰레기를 만나면 '내가 너 실명으로 꼭 소설에 등장시킨다.'라고 생각하는 것만으로도 복수에 성공한 것 같다.

소설가라는 장래희망은 '장래'를 계속 연장할 수 있어서 좋다. 게다가 이 장래희망은 어딘지 폼이 난다. 그럴싸해 보인다. 소설가가 되려고 회사원이 됐지만 어느 순간부터 소설가가 장래희망이라 회사원일 수 있게 되었다. 하지만 소설가가 되려면 회사를 다닐 게 아니라 소설을 써야 한다. 그걸 자꾸 깜박한다. 자꾸 깜박한 척한다.

퇴사 시그널

업무강도가 센 광고업계에 있으면 힘겨운 순간이 많이 찾아온다. 그럴 때면 스스로에게 물었다. '그만두고 싶을 만큼 힘들어?' 그 정도가 아니라면 버틸 수 있다. 다행인지 불행인지, 너무 잦지만 않다면 이 업계에서 퇴사나 이직은 흉이 아니라 기회나 능력의 척도가 되기도 한다.

나를 버티게 해준 건 마음먹으면 얼마든지 그만둘 수 있다는 역설이었다.

소위 평생직장을 다니는 사람은 그만두고 싶을 때 어떻게 버틸까? 나는 그만둘 수 있어서 안 그만둘 수 있는데 말이다.

뛰쳐나오고 싶을 만큼 힘든 순간을 그저 버티는 것만이 능사는 아니다. 사건 하나는 견딜 만하더라도 그런 일들이 모이면 마음을 좀먹으니까. 퇴사를 여러 번 거치면서 몇 가지 기술이 생겼는데, 그중 하나가 정신건강을 해치지 않는 최선의 퇴사 시점을 찾아내는 것이었다. 그 시점을 놓치지 않으면 그만두어야 할 때라는 걸 알리는 '퇴사의 시그널'을 잘 알아보아야 한다. 지금까지 내가 알아본 시그널은 다음과 같다.

이성적 판단과 별개로 서운하고 섭섭하다

팀이 하나 더 생긴다고 했을 때, 내가 새로운 팀에 가게 될 것임을 직감했다. 기분이 이상했다. 나쁜 쪽에 가까웠을 것이다. 팀 이동은 흔한 일이었다. 한 달꼴로 팀이 바뀌는 일도 많았다. 그런데도 서운하고 섭섭했다. 팀장은 어떻고 후배는 어떠하며, 담당하는 브랜드는 이러쿵저러쿵 불평이 생겼다. 누군가는 해야 하는 일을 하게 됐지만 재미가 없었다. 내 생활이 갈려 들어가는 느낌이 들면서 마음에 살짝 금이 갔다.

준 거 없이 싫은 사람이 생겼다

몇 년을 알고 지내면서 서로 어떠한 영향도 못 미치는 미

미한 관계가 있다. 별 상관없는 사이. 안다고 하기도 힘든 사이. 그런 관계의 행인1 같은 사람이 갑자기 내 인생에 주조연으로 끼어든다면 어떨까. 내게 손해를 끼치지도, 나와 대립하지도 않았는데 그냥 싫은 사람. 그런 사람이 생겨버렸다.

직접 하지 못할 말이 쌓여간다

두 개의 메일을 받았다. 하나는 야근 후에 타는 택시 규정을 준수하라고 당부하는 메일이었다. 메일이 좀 딱딱했고 어떤 표현은 모호했다. 모호한 표현에 기분이 살짝 상했다. 명확히 알고 싶었으나 질문하지 못했다. 괜히 부스럼을 만들 것 같았다. 두 번째 메일은 첫 번째 메일을 보완하려는 메일이었다. 오랜 회의 끝에 겨우 자리에 앉아서 두 번째 메일을 읽는데 눈물이 났다. 수신자가 파트 전체였으니 옆자리 동료도 같은 메일을 받았을 것이다. 하지만 메일을 받은 모두가 나와 같은 기분은 아닌 듯했다. 메일을 읽었느냐고, 읽고 기분이 어땠느냐고 묻지 못했다. 나는 괜히 눈물이 났다고, 어쩐지 섭섭했다고도 말하지 못했다. 하필 퇴근이 늦었다. 집에 와 겨우 씻고 누웠는데 하고 싶은 말이 쏟아져서 잠이 오지 않았다. 결국 말을 정리하느라 새벽 두 시 까지 일기를 썼다. 하지만 일기에 쓴 이야기를 누구에게도 하지 못할 것이다.

마지막 메일

안녕하세요, P사의 손혜진입니다.

아마 제 이름 앞에 'P사'가 붙는 마지막 메일이 될 것 같습니다. 그래서 메일을 받는 모두가 P사 소속이지만 굳이 적어 보았습니다. 퇴사 후로도 얼마간은 메일을 쓰면서 습관처럼 썼다 지우는 일이 반복되겠지만 말입니다.

몇 주 전부터 동료에게 쓰는 마지막 메일에 대한 압박이 있었습니다. 그래서 머릿속으로 서두를 구상해보기도 했습니다. 어떤 버전은 비장했고 어떤 버전은 장난스러웠습니다. 그러다가 덜컥 정말 '그날'이 왔습니다.

마음속으로 퇴사를 결정한 후 지난 몇 달간 '끝'은 '시작'보다 더 큰 동기부여가 된다는 걸 몸소 느끼며 후련했습니다.

며칠 전까지만 해도 그랬습니다.

몇 달만 더 참으면 되니까. 며칠만 더 참으면 되니까. 이렇게 생각하면 화도 수그러들고 피로도 가시고, 일에 집중도 더 잘됐습니다.

매일 보는 것과는 분명 차이가 있겠지만 지난 몇 년간 함께 울고 웃으며 일한 동료들이 퇴사 때문에 멀어질 것 같지도 않았습니다. 그래서 별로 섭섭하지 않았습니다. 또 보면 되니까요. 그런데 어젯밤은 좀 이상하더군요.

입대 전날이 그럴까요? 결혼 전날이 그럴까요? 둘 다 안 겪어봐서 모르겠지만 여러 번 '퇴사 전날'을 겪었던지라 이번 퇴사는 좀 다르다는 걸 확실히 느낄 수 있었습니다. 방에 누워서 어두운 천장을 보는데 P사에 처음 오기로 결정하던 때가 떠올랐습니다.

그때 저는 출근이 매우 하고 싶었습니다. 나를 제외한 세상 모든 사람이 매일 갈 곳이 있어 보였습니다. 그들처럼 출근을 해야 사회 구성원으로 인정받을 수 있을 거란 생각에 저는 이곳에 출근하기로 결정했습니다.

시간은 흐르고 출근은 너무 당연해졌습니다. 회사에 오기 싫었던 날도 있었지만 대부분 즐겁게 출근해왔다고 자부했는데 생각해보니 출근을 열망하던 처음 마음은 많이 퇴색했더군요. 그러다 기분이 이상해진 이유를 알게 되었습니다.

내밀 명함도 이름 앞에 붙일 소속도 없어지는 기분, 다음 달 말일은 더 이상 월급날이 아니라는 사실에서 오는 경제적 압박감까지 여러 가지가 있겠습니다만 가장 큰 이유는 '더 이상 이곳으로 출근하지 않는다.'는 사실이었습니다.

물론 다른 곳으로 출근했더라도 이런 기분일 수는 있겠지만 3년 5개월을 버틸 수 있었던 것은 이곳이 P사이고, 여기에 바로 여러분이 있었기 때문입니다.

이제 저는 울타리를 벗어나 세상에 홀로 떨어져 나옵니다. 더 이상 책임질 브랜드도 프로젝트도 없이 훌훌 가벼운 몸이 되었지만, 저를 보듬어줄 회사도 이젠 없네요. 그것이 저를 잠 못 들게 할 줄 미처 몰랐습니다. 이 기분도 얼마쯤 지나면 곧 극복하겠지만 잊지 않고 기억하겠습니다.

'출근'할 수 있도록 불러주시고, 매일 '출근'을 허락해주셔서 감사했습니다.

마지막으로 인사드립니다. 돌이켜 보면 원망도 불평도 미움도 많았지만, 그보다는 사랑하고 즐거워하고 더불어 배우는 좋은 시간이었습니다. 함께해주셔서 감사합니다.

더 좋은 곳에서 더 나은 모습으로 만나길 바라면서, 길어진 메일을 이만 맺습니다.

정신을 차려보니
마케터가 되어 있었다

작가의 꿈은 꿔봤지만, 마케터를 꿈꿨던 적도 준비했던 적도 없었다. 그런데 어느 날 문득, 정신을 차려보니 마케터가 되어 있었다. 전공을 한 것도 아니고 따로 공부를 한 것도 아닌 채로 이렇게 저렇게 흘러 마케터라는 직업에 도착해선지, 처음부터 마케터가 되고 싶어서 된 사람들을 만날 때면 어딘지 모르게 주눅이 들었다. 전공을 하거나 준비를 해서 마케터가 된 사람이 정통 성골 마케터라면 나는 유사 마케터, 육두품 마케터인 기분이었다. 간혹 마케터를 꿈꾸는 사람들을 만나면 미안했다. 누군가가 이토록 원하는 걸 내가 엉겁결에 가져도 되는 걸까.

그렇지만 나는 마케터다. 어딘지 모르고 흘러왔지만 도착하고 보니 내게 제법 어울리는 옷이었다. 그래, 마케터가 되고 싶은 적이 없었던 게 뭐가 대수냐. 지금 내가 하는 일이 좋고, 잘하고(과연…) 있으면 된 거 아냐?

'난 마케터가 되겠어!'라고 선언한 순간이 없었을 뿐, 어느 시점부터 마케터가 되어가고 있었을지도 모른다. 첫눈에 반한 사랑도 있지만 가랑비에 옷이 젖듯 서서히 진행되는 사랑도 있으니까. 둘 중에 하나만 참사랑이라고 할 수는 없다.

동료 마케터들은 마케터로서 자각이 분명하고, 좋은 마케터란 무엇인지 고민하고 연구하고 실행하는 대단한 사람들이다. 그걸 보고 있자면 다시 슬쩍 '주눅'이 흘러나오려고 하지만 나오지 못하게 단단히 여미고, 동료의 노력을 자극 삼아 가랑비 출신의 좋은 마케터가 되기로 한다. (그리고 사실 육두품은 귀족이다.)

퇴사 말고 퇴근

출근이 꿈이었던 시절이 있었다. 그만두고 싶은 순간이 오면 출근이 꿈이던 때를 생각했다. '정말 그만둘 만큼 힘든가?' 스스로에게 묻기도 했다. 보통 그보다는 조금이라도 덜 힘들었다. 그만둘 만큼 힘들 때에는 동료, 고객과 함께 프로젝트를 진행 중이라는 사실을 떠올리고, 내가 곧 떠날지도 모르는 회사의 신뢰도 하락을 걱정하는 게 출근을 이어갈 동력이 됐다. 그래도 퇴사가 꿈인 적은 없었다. 퇴사가 꿈이 되기 전에 서둘러 퇴사를 한 것이 비결이라면 비결일까. 그러고 보니 벌써 퇴사만 네 번을 했다. 네 번의 퇴사와 다섯 번의 입사를 하는 사이 많은 사람들이 퇴사를 했는지, 아니면 퇴사를 꿈꿨는지 퇴사가 트렌드가 됐다. 마치 퇴사를 권하듯

서점에는 퇴사와 관련된 책들이 쏟아져 나오고, 퇴사 학교까지 생겼다. 퇴사는 힙했고, 출근은 어느새 촌스러워졌다.

퇴사 열풍과 궤를 같이한 단어는 워라밸이었다. 좋은 회사의 기준이나 퇴사의 이유로 '워라밸'이 자주 언급됐다. 일(Work)과 삶(Life)의 균형(Balance). 하지만 어떻게 해도 일과 삶은 균형을 맞출 수 없다. 일 또한 삶에 포함되기 때문이다. 그러니 일과 삶을 대립구도로 두었을 때 일은 삶을 이길 방도가 없다. (물론 일하는 시간과 개인 시간의 밸런스라는 의미로 쓰였을 테지만.) 일이 감히 삶에 도전했으므로 회사는 쉽게 '나쁜 것'이 된다.

그런데 진짜 워라밸은 회사 안에서의 내 삶에 있는 게 아닐까. 회사라는 이익집단 안에서 일하는 동안에도 온전히 '나'일 수 있다면 그것이 진짜 워라밸일 것이다. 그렇게 퇴사를 가르는 나만의 기준이 생겼다. 워라밸 아니고 워러밸. 일(Work)과 배움(Learn)의 균형(Balance). 일과 조직에서 더 이상 배우고 싶은 게 없을 때 나는 더 이상 '나'일 수 없기에 떠나기로 했다.

왕후장상의 퇴사가 따로 있다. 퇴사 관련 책의 저자를 미디어에서 어떻게 소개하는지 보면 알 수 있다. 미디어가 중요하게 다루는 것은 퇴사한 회사의 '급'이다. 옛날의 '서울대

나오면 분식집을 해도 성공한다'는 신화가 요새는 잘 다니던 대기업을 때려치우고 세계여행을 떠나는 신화로 바뀐 느낌이다. 그들이 버리고 나온 것이 얼마나 크고 대단했는지에 따라 퇴사의 가치가 달라진다.

그런 식의 퇴사 소비는 자리를 지키고 있는 다른 누군가에게는 자칫 폭력이 될 수도 있다. 많이 가진 자는 그 자리를 떠나 잃을 것이 많겠으나 당장에 생계가 곤란해지지는 않는다. 그러나 적게 가진 자는 가진 것이 너무 적어서 그 자리마저 잃으면 삶이 위태해진다. 그래서 쉬이 자리를 박차고 나올 수가 없는 경우가 허다하다. 물론 가진 것과 상관없이 제 자리를 지키고 싶은 사람도 있을 것이다. 하지만 미디어는 대기업을 그만두고 자기 삶을 찾은 사람들의 이야기에만 열을 올린다. 회사 안에서 자기 삶을 찾는 사람은 있을 수 없다는 듯이. 그들의 주장에 따르면 출근은 자유의 반대말이고, 퇴사는 자아 찾기의 입구이다.

회사를 다니며 떠나는 여행에서 '나'를 찾을 수 없었다면 그건 기간이 짧아서거나 여행지가 삶의 터전과 너무 가깝기 때문이라는 가설을 세워본다. 어느 순간 '퇴사하고 세계여행', '퇴사 후 외국에서 한 달 살기'가 들불처럼 번졌다.

퇴사하고 여행을 가지 않으면 퇴사가 취소되기라도 하는 듯이 보였다.

퇴사하고 여행을 가는 게 아니라, 여행을 떠나기 위해 퇴사하는 경우도 보았다. 퇴사 후 1년 동안 세계여행을 떠났던 친구는 아프리카에서 만난 외국인들에게 왜 이곳에서 만나는 한국인들은 하나같이 퇴사를 했냐는 질문을 받았다고 했다. 정답은 휴가가 짧아서. 연차 15일을 한 번에 다 쓰게 하는 회사도 드물고, 편도로 이틀씩 걸리는 여행지에 고작 열흘 남짓한 일정으로 갈 사람도 적으니까. 어떻게 보면 내 삶이 중요해서 퇴사하는 게 아니라 1년에 2~3주의 덩어리 시간을 오롯이 쓸 수 없는 현실을 마주하자 회사를 떠나는 건 아닐까 싶다.

30년을 넘게 살아도 못 찾은 나를 3주 아프리카 여행으로 찾을 수 있을지도 모르는데 휴가 좀 길게 쓸 수 있게 해줬으면 좋겠다. 기자들이 젊은 대기업 퇴사자 인터뷰에 열을 올리는 대신 충분히 여행할 수 있는 휴가제도와 문화를 갖춘 회사의 평균 근속연수를 취재하면 어떨까. 사람들이 퇴사해야만 긴 여행을 떠날 수 있는 사회에서의 회사는 나쁜 곳이 맞다.

누구나 언제든 원할 때 퇴사하고 마음먹으면 곧장 출근할 수 있는 세상이라면, 퇴사가 부러움의 대상이 되거나 트렌드가 되지도 않을 것이다. 퇴사하는 사람은 영웅이고 출근하는 사람은 겁쟁이가 되거나, 반대로 출근하는 사람은 승리자고 퇴사하는 사람은 낙오자 취급을 받을 필요도 없다.

떠날 때만큼 남을 때에도 용기가 필요하다. 내게 출근을 허락한 이 회사는 내가 고른 회사라는 걸 가끔 잊는다. 매일 이 회사에 남는 걸 선택한다는 사실은 더 자주 잊는다. 역시 나는 퇴사보다는 퇴근이 훨씬 좋다.

「 독립 」

내 살림을 챙기는 일

「나의 첫 집 구하기」

봄이었다. 어학연수 기간을 제외하고는 평생 부모님과 함께 살며, 그중에 10년을 매일 한 시간 반 넘게 통학 또는 통근을 해온 내 머릿속에 어느 순간 '독립'이라는 단어가 입력되었다.

그 전까지는 정말 신기하게도 '독립'은 나와 별 상관없는 단어였다. 가장 큰 이유는 돈이었고, 두 번째가 머잖아 결혼을 하게 되리라는 믿음이었으며, 세 번째는 (놀랍게도) 인천을 사랑하는 마음이었다. (가족 사랑과 유대감은 논외로 한다.)

먼저 가장 큰 이유였던 돈 문제는 전세자금 대출이 생각보다 쉬워, 월세보다 싼 이자로 전세를 얻을 수 있다는 정보를 알게 되면서 해결되었다(고 생각했다). 두 번째 이유였던 결혼에 대한 믿음은 결혼할 조짐 대신 결혼을 재촉하는 잔소리가 더 분명하게 드러나면서 사라졌으며, 세 번째 이유는 출퇴근하느라 체력이 한계에 부딪히자 미지근해지며 사라졌다.

9월부터 본격적으로 회사 주변 집들을 알아보기 시작했는데 나름대로 초기 자금 등을 고려한 시기였으나 결과적으로 좋지 않은 결정이었다. 학기가 시작되는 9월은 홍대, 신촌 등 내 희망 주거 지역의 이사가 완료되는 시점이었다. 대학가여서 싼 집이 많을 것 같았지만 부동산에 들를 때마다 '집이 없는 시기'라는 말을 들어야 했다.

문제는 또 있었는데 이건 '학기 시작' 같은 귀여운 것이 아니었다. 이름하여 전세난. 그제야 '전세난'이라는 단어가 뉴스 단골 소재였고 '최악의', '유래 없는' 같은 수식어와 주로 쓰여왔음을 기억해냈다. 이별 후에 세상 모든 이별 노래가 내 노래가 되듯, 전셋집을 알아보기 시작한 뒤로 세상 모든 경제 뉴스가 내 뉴스가 되었다.

전세자금 대출, 중도상환 수수료, 융자, 근저당, 확정일자, 전세권 설정 등등의 용어를 검색 창에 구겨넣고, 괜찮아 보이는 방이 나타날 때마다 예상 대출금과 이율을 계산기로 두드렸다. 그러다 어디선가 깡통전세로 돈을 날렸다는 친구의 친구 이야기를 전해 들을 때면, 몇 번이나 이 여정을 중단하고 싶어졌다.

하지만 한편으로는 이 일을 반드시 마무리하고 싶다는 마음도 커졌다. 남들은 이미 겪었고, 어쩌면 나도 벌써 겪었어야 하는 무게를 여태껏 부모님에게 대신 짊어지게 했다는 생각이 들었기 때문이다. 나는 부모님의 사랑과 정성으로 무럭무럭 자라나 부모님께 '얹혀사는' 30대가 되었고, 얼른 독립하지 않으면 그대로 40대를 맞이할 것 같았다.

경제생활은 물론 일상에서도 부모님에게서 독립하지 않으면, 앞으로도 쭉 늦은 귀가를 지적 받고 주말 늦잠을 방해받을 것이다. 부모님이 잔소리와 참견을 할 때마다 '내가 지금 몇 살인데 그런 소리를 하시냐.'고 불평했지만 사실 나이 문제가 아니었다. 그곳은 부모님 집이고 나를 먹이고 재우고 돌보는 이상, 부모님에게는 나에게 본인들의 규칙을 잣대로 들이밀 권리가 있었다. 그리고 지금은 덜 하지만 앞으로 시간이 흐를수록, 내가 짝을 만나 부모로부터 독립하지 못했음을 두고 부모님은 부모 된 도리를 다하지 못했다고 느낄 것이다. 그리고 그 문제는 부모님과 나의 직접적인 갈등이 되거나 거의 모든 갈등의 간접 원인이 될 것임을 직감했다.

그래서 저금리 정책에 놀아나는 거라는 이야기를 짐짓 모른 체하며, '전세난'에 이어 경제 뉴스의 단골 소재인 '가계부채 상승'의 당사자가 되기로 마음을 굳혀나갔다.

열 가지 넘는 대출서류를 챙기며, 한 번도 쓸 수 있는 돈이라고 생각해본 적 없었던 금액이 오가는 계약서에 덜컥 사인을 하면서도 내년이 아니라 올해, 40대가 아니라 30대에 결단 내린 게 다행이라고 생각했다. 그제야 제대로 어른이 된 기분에 휩싸였다.

겪어본 적도 생각할 필요도 없었던 영역이라면 이건 과연 '어른의 일'이군.

집을 구하는 여정은 참으로 지난했다. 예산을 대략 정한 뒤, 회사 근처에 집을 알아보러 다녔다. 부동산 여러 곳에 인적 사항을 남기고 부동산 앱, 커뮤니티, 포털사이트 등등에서 온갖 원룸 전세 매물을 뒤졌다. 매물은 극히 적었고, 찾아가는 부동산마다 "요새 전세가 귀해요."라고 말할 뿐 집을 찾아주지 않았다.

회사와 가까운 홍대입구, 신촌 같은 역 이름으로 시작되었던 검색어는 광흥창, 망원을 거쳐 마포구, 서대문구가 되었고, 조금 더 시간이 흐르자 회사를 중심으로 한 지도 보기로 바뀌었다. 간혹 만나는 전세가 있으면 집을 보러 가기도 했다. 점심을 거르고, 퇴근 후에 아니면 주말 동안 부지런히 집을 보러 다녔다. 얻는 것은 '뉴스는 참 팩트구나!' 하는 깨달음과 나의 취향 정도였다.

초반에는 취향을 알아가는 것도 꽤 재미있었다. 이제까지 몰랐던 내 취향을 알게 되다니.

우선 좁은 곳은 싫었다. 첫 집을 보고 사람이 사람답게 살려면 7평은 넘어야 됨을 알았다. 그 미만은 원룸이라는 이름이 과분했다. 서울에 원룸 건물을 올릴 재력이라면 한 달에 100만 원 덜 벌더라도 큰 차이가 없을 것 같은데 집주인은 5평짜리 방 일곱 개를 지었다. 7평짜리 방을 다섯 개로 지었으면 얼마나 좋을까. 있는 사람이 더한다더니, 사람을 좀 편히 살게 해주고 돈 벌면 안 되나. 좁은 방을 볼 때마다 알지도 못하는 집주인이 미웠다. (그렇게 악착같이 벌어서 혼자 잘 먹고 살아라. 쳇.)

또, 방 안에 옷이 걸린 게 싫었다. 방 소개 사진에서 빨래건조대와 옷걸이를 볼 때면 숨이 턱 막혔다. 평수가 좁은 것과는 다른 문제였다. 미관과 공간을 해쳤다. '그래, 베란다가 있어야 해!' 그런데 베란다는 매우 귀한 스펙이었다. 5평짜리 방에는 있을 수가 없었고, 7평짜리 방에도 드물었다.

안전은 물론 기본이었다. 비교적 넓고 베란다가 있다 해도 대로변 1층에 살 수는 없는 노릇이었다. 스파이더맨이 아니라면 오르기 힘든 3층이나 4층, 공용 현관에 잠금 장치 정도는 좀 있어줘야 여자 혼자 살 수 있지 않나. '장미'나 '백합' 같은 술집이 즐비한 골목도 안 되고.

채광도 중요했다. 대낮에도 불을 켜야 하는 어두운 방을 보니 마음이 우울했다. 이 정도면 환하다는 설명이 귀에 들어올 리 없었다. 퇴근할 때까지 마르지 않은 빨래를 볼 때마다 그 집에 사는 것을 후회하고 싶지는 않았다.

건물의 나이 또한 무시할 수 없다. 오래된 집에는 알 수 없는 음습함이 있었다. 도배를 하면 좀 나을까? 가구를 바꾸면? 그럼 대체 얼마가 드는 거지? 하지만 돈을 들인다고 흘러버린 세월이 다시 돌아오지는 않는다.

거리는 또 어떤가. 회사까지 편도 40분 이상 걸릴 거라면 그냥 부모님 댁에 사는 게 나았다. 버스나 지하철을 탈 수는 있겠지만 강을 건넌다거나 2호선이나 6호선 라인이 아니라면 조금 곤란했다.

방 모양이 직사각형이었으면, 관리비가 쌌으면, 큰길과 가까웠으면, 수압이 강했으면, 가스레인지가 두 칸짜리였으면, 붙박이장이 있었으면, 분리형이었으면, 남향이었으면….

'아, 가진 것도 없으면서 바라는 게 정말 더럽게 많구나!'

취향이 확실해질수록 마음에 드는 집을 만나기가 더 힘들어졌다. 조건을 만족하는 집은 거의 없었고 대강 맞춘다 하더라도 가격이 너무 비쌌다. 내가 살 수 없는 집이라면 좋은 집이라 한들 무슨 소용이란 말인가. 그 즈음이 되었을 때 나의 독립을 응원하던 사람들은 하나둘 "진짜 중요한 거 몇 개만 남기고 적당히 포기해라." "그러다 집 못 구한다." "그냥 부모님이랑 살아라." 같은 말을 보태기 시작했다. '응? 이거 어디서 많이 듣던 말인데?'

그랬다.

내가 원하는 모든 조건을 충족시키는 그런 좋은 집, 아니 좋은 남자….

내가 집을 찾는 자세는 결혼할 남자를 찾는 태도와 닮아 있었다.

세상에 없을 것이 분명한 그런 완벽한 집(혹은 남자)을 대체 어떻게 찾겠다는 걸까? 남자를 계속(?) 찾고 있는 것처럼 집도 찾아 헤매며 영원히 고통 받게 될까?

남자처럼 집 결정 또한 번복하기 어렵다. 내 인생에, 아니 인생 한 구간에라도 큰 영향을 미칠 수 있기 때문이다. 나는 우유부단의 결정체가 된 듯 머뭇거리기만 했다.

집 구했냐는 질문이 부담스러워지기 시작할 무렵, 초반에 봤던 집이 아직 계약이 안 됐다는 걸 알고 불현듯 결정을 내렸다. 물이 쫄쫄 나오고, 그 쫄쫄 나오는 물값만 포함된 관리비가 5만 원씩이나 되고, 골목 끝 집에 정사각형에 가까운 방이지만 그 몇 가지를 포기하니까 드디어 괜찮다 싶은 집이 나에게로 왔다.

결국 집도 찾기 문제가 아니라 결정 문제였다. 포기와 타협의 문제. (타협은 좋은 말인데 어쩐지 비겁한 냄새가 난다.) 그래, 포기 말고 양보하자. 집 계약하고 난 후 남자 대하는 태도를 반성하는 나란 사람이었다.

(어른)

「적금이 내게 준 것」

서른에 퇴사와 어학연수를 결정할 용기는 적금으로 탔다. 적금 만기가 되니 딴생각할 여유가 생긴 것이다. 1년쯤은 누구의 도움 없이 학비를 내고 생활을 꾸릴 수 있겠다는 판단이 서자 다음은 쉬웠다. 내 예산으로 갈 수 있는 가장 좋은 도시를 찾고, 학교를 찾고, 머물 집을 찾은 뒤, 비행기 표를 샀다. 돌아오는 날이 정해진 왕복티켓이었다. 그리고 얼마 뒤 나는 캐나다 밴쿠버로 떠났다.

밴쿠버에서 돌아온 뒤에 많은 것이 달라졌다. 영어에 흥미가 생겼고, 업계에서 더 이름난 회사에 지원하게 됐고, 연봉도 높아졌지만 무엇보다 행복의 맛을 깨달았다. 나는 밴쿠버에서 사는 동안 사람이 얼마나 행복해질 수 있는지를 알아버렸다. 평생 동안 우정을 나눌 브라질 친구를 만나고, 습한 겨울과 건조한 여름을 겪고, 막 딴 블루베리와 블랙베리를 혀에 물이 들도록 먹고, 천연 슬로프와 로키산맥과 사막과 샌프란시스코와 그랜드 캐년을 누비고 다녔다. 그 모든 경험과 더불어 영어실력까지 얻는 데 3년짜리 적금과 퇴직금이 들었다. 그 정도 돈이면 1년이나 인생 최고의 행복을 누릴 수 있는 걸 알았으므로, 내 삶은 결코 이전과 같아질 수 없었다.

독립도 적금 덕분에 가능했다. 전세금의 20~30퍼센트만 있으면 나머지는 전세자금 대출을 받을 수 있다는 걸 처음 알았을 때 적금 통장에 들어 있는 돈과 만기일을 가늠해보았다. 가을쯤이면 계약할 수 있겠다! 이전까지 한 번도 생각해 본 적 없던 '독립'이라는 단어가 구체적 현실로 다가왔다. 잠옷 한 장을 사면서도 독립한 집에서 입을 꿈을 꿨다. 한 번도 탐낸 적 없었던 커피잔과 무드 등을 샀고, 노트북이 말썽을 부리는데도 바꾸지 않고 독립을 기다렸다.

마침내 독립을 했고 내 삶은 아주 많이 달라졌다. 뭐 하나 바뀌지 않은 게 없었다. 대파 한 단에 울고 웃고, 가스요금에 신경을 곤두세웠고, 엄마의 귀가독촉 전화를 받지 않게 되었으며, 홍대를 누구보다 사랑하게 되었다. 냉장고 돌아가는 소리마저 멈추고 적막이 찾아오면 '평화, 평화로다.' 하고 혼잣말을 했다.

독립이 이렇게까지 좋은 거라고 왜 말해주는 사람이 없었을까? 독립 안 했으면 어쩔 뻔했을까?

적금을 붓는 과정은 그리 즐겁지 않다. 사회 초년생 때는 특히 더 힘들었다. 안 그래도 작고 귀여운 월급에서 적금과 카드 값을 빼면 잔고는 질소 빠진 과자 봉지처럼 쪼그라들었다. 돈과 시간을 아끼려고 점심 도시락을 싸고 100원 단위까지 가계부를 썼다. 선택은 주로 가성비를 기준으로 했다. 취향이 자랄 수가 없었다. 경력과 함께 연봉이 늘면서는 한결 여유로워졌다. 초년생 때는 적은 월급 쪼개서 적금 붓느라 놓친 즐거움이 참 많았다.

하지만 적금은 나를 독립시켰다. 회사로부터, 지독한 영어 콤플렉스로부터, 세 시간 통근으로부터, 부모님으로부터 그리고 원룸으로부터. 다시 박봉의 초년생으로 돌아간다 해도 적금을 시작할 것이다. 그리고 다시 빠듯하고 팍팍해질 것이다. 그래도 어쩔 수 없다. 내게 취향과 자유 중에 하나만 고르라면 아무래도 자유를 택할 수밖에 없으니까.

「독립은 내 살림을 사는 일이다」

친구가 며칠 집에 머문 적이 있었다. 샤워를 마친 친구가 욕실에서 젖은 수건을 들고 나오기에 화들짝 다가가 수건을 받아 들었다. 친구가 수건을 빨래 바구니로 넣는 걸 막으려고 말보다 몸이 먼저 나갔다. 빨래는 보통 주중에 한 번, 주말에 한 번 어두운색과 밝은색으로 나누어 한다. 어떨 때는 일주일이나 묵혔다가 세탁기에 넣고 돌리기도 한다. 그 때문에 사용한 수건이나 땀 흘린 운동복은 건조대에 널어서 말린다. 젖은 상태로 빨래 바구니에 넣었다간 퀴퀴한 냄새는 물론이고 운이 나쁘면 곰팡이까지 필 수 있다. 수건과 관련된 규칙이 하나 더 있다. 손이나 얼굴만 닦은 수건은 욕실 수건걸이에 잘 걸어두었다가 샤워할 때 다시 쓰고 빤다. 하루에 사용하는 수건이 두세장이 되면 일주일에 한 번 빠는 걸로는 부족하기 때문에 아껴야 한다.

가족들과 함께 살 때 수건은 아무 때나 꺼내 쓰고, 젖어 있든 말든 빨래 바구니에 휙 던져 넣는 물건이었다. 욕실 장에는 수건이 항상 있었다. 간혹 없더라도 엄마만 부르면 끝이었다. 하지만 이제는 아니다. 묵은 냄새가 나는 수건을 써야 하는 사람은 나뿐이고, 내가 채워넣지 않으면 욕실 장은 텅 비어 있다. 친구가 와서 수건을 쓰기 전까지는 몰랐다. 젖은 수건 하나를 빨래 바구니에 넣을까 봐 다급해진 나를 보고서야 내 집에 규칙이 있음을 깨달았다. 어느새 내 살림을 살고 있었다.

그러고 보니 요즘은 부모님 집에 갈 때마다 내가 엄마와 한집 살던 사람이 맞나 싶을 만큼 엄마의 살림이 낯설다. 엄마에게 새 김치 냉장고가 생겼고 이전 것까지 총 두 대가 됐다. 언니네 가족과 내가 자주 다녀간다 해도, 엄마조차도 집밥을 한 끼도 안 드시는 날이 많은데 왜 김치 냉장고가 두 대나 있어야 할까. 이전 것은 좀 내다 파시든지 버리든지 하라고 이야기하는데 듣고 있던 언니가 “엄마 살림인데 엄마 하고 싶은대로 그냥 둬.”라고 하기에 또 움찔했다.

엄마는 엄마의 살림을 살고 나는 내 살림을 사는데 언니 말이 맞네. 그랬네.

독립은 내 살림을 사는 일이다. 가장 합리적이라서 정했다고 믿지만, 사실은 내 취향에 맞는 규칙을 하나씩 늘려나가는 일이다. 내 살림은 외롭다. 생활이 망가졌을 때 탓할 사람이 나밖에 없기 때문이다. 내 살림은 고되다. 욕실 장을 열 때마다 남은 수건을 보고 빨래를 오늘 해야 하는지 내일 해도 좋을지를 가늠해야만 한다. 그래도 내 살림은 사랑스럽다. 내 살림 이전에는 뽀송뽀송 말라 잘 개켜진 수건으로 욕실 장이 가득 찼을 때 그토록 뿌듯하지 않았다. 수건에 대해서 오래 생각해본 적도 물론 처음이다.

「대파를 살 때 알아야 할 것들」

초보 독립생활자라면 으레 그렇듯, 나 또한 처음에는 의욕적으로 요리를 했다. 회사에 도시락을 싸 가고 친구들을 초대해 저녁도 지어 먹었다. 요리를 하면서 다진 마늘과 대파는 식재료라기보다 소금, 간장 같은 필수 양념에 가깝다는 걸 알게 됐다. 마늘과 대파가 빠진 한식 요리가 드물었다.

본가 냉동실에 쌓여 있던 다진 마늘 판이 떠올랐다. 김장철에 햇마늘을 잔뜩 사다가 다져서 B5 크기로 판판하게 만든 다음에 냉동실에 얼려, 다음 김장까지 조각조각 잘라 쓰는 게 엄마의 방식이었다. 때때로 나도 마늘을 까는 노동에 동원되었다. 그때는 '엄마는 무슨 욕심에 마늘을 이렇게 많이 샀을까?' 했는데 그게 다 마늘이 중요해서였다.

주말에 본가에 가서 냉동된 마늘 한 판을 가져왔다. 마늘은 마법의 재료였다. 넣기만 하면 맹맹했던 음식에 감칠맛이 돌았다.

다음은 대파였다. 대파는 양념을 만들 때뿐만 아니라 음식 마무리에 고명으로 얹는 데 쓰였고, 국물 음식에도 곧잘 불려 나왔다. '맞아. 라면에 파 썰어 넣으면 국물이 훨씬 시원했어.' 엄마에게 물으니 대파도 마늘처럼 먹을 만한 크기로 잘라 냉동실에 얼리고, 필요할 때마다 꺼내어 쓰면 편하다고 했다.

동네 마트에 가서 대파 한 단을 샀다. 흙을 털어내고 껍질을 벗겨 물에 씻어 자르기 시작했다. 얼마 지나지 않아 뭔가 잘못되고 있음을 눈치챘다. 혼자 사는 살림이라 양푼은 냉면 그릇보다 조금 큰 것 하나였는데, 그 양푼이 이미 잘린 대파로 차고 넘쳤다. 아직 자르지 않은 대파가 절반은 남아 있었다. 파를 썰다 말고 독립생활 선배이자 이웃 주민인 친구에게 연락했다.

"혹시 대파 필요해? 한 단 샀는데 3대가 먹겠다. 되게 많네."
"ㅋㅋㅋ 맞아. 그거 3대가 먹어. 씻어서 냉동 보관하거나 화분에 묻어도 돼."

역시… 선배님은 알고 계셨다.

모두 보관하기엔 냉동실이 대파로 다 들어찰 지경이라 넉넉히 덜어 친구에게 나누어 주었다. 그래도 2대가 먹을 만큼의 대파가 남았다. 거의 모든 음식에 아낌없이 대파를 넣고, 육수를 낸다며 파를 뿌리째로 쓰기도 했지만, 주재료가 아닌 탓인지 쉽게 줄지 않았다. 남은 대파는 냉동실에서 최선을 다해 버텼지만 결국, 보관 봉투에 서린 성에와 함께 버려졌다. 대를 물려줄 만큼 많았지만 수명이 그렇게 길지 못했던 까닭이다. 그제야 마트에서 대파를 한 대씩 파는 이유를 알게 됐다.

그 뒤로 대파를 먹을 때면 양푼에 넘치던 대파 더미가 떠오른다. 전에는 국물에 크게 썰린 대파가 들어 있으면 그릇 한쪽으로 밀어두고 안 먹기도 했지만, 이제는 싹싹 건져 먹는다. 음식에 풍미를 더하는 대파같이 멋진 재료가 싸고 흔해서 참 다행이라고 생각하면서 은근한 단맛을 즐기며 먹는다.

독립하지 않았다면 내가 어떻게 대파 맛을 알게 됐으랴. 물론 아무리 맛있어도 1인 가구에게 대파 한 단은 무리다. 그래서 정리하는 오늘의 독립생활 팁! '대파는 한 번에 한 대만 산다.' 그 편이 더 맛있게 먹는 방법이니까.

엄마가 없어서 좋은 점

부모님 집에 같이 살던 시절, 모처럼 일찍 귀가한 날이면 게을러졌다. 일찍이라고 해봐야 아홉 시를 훌쩍 넘길 때가 많았지만, 야근을 하면 자정 넘어 집에 오기 때문에 그 시간이면 뭐든 할 수 있었다. 나는 보통은 '아무것도 하지 않기'를 골랐다.

집에 들어서자마자 아무데나 가방을 던지고 소파에 드러누워 티브이를 켰다. 정말 볼 생각은 아니었다. 티브이도 보던 사람이나 본다. 줄거리를 모르는 드라마와 캐릭터를 모르는 예능은 그저 '아무것도 하지 않기'의 배경화면이었다. 내가 돌아온 소리에 방에서 나온 엄마가 양말도 안 벗고 소파에 엎어진 나를 보고 한마디 했다.

엄마　밥은 먹었어? 옷부터 갈아입어.

나　　밥 먹었어요.

엄마는 힐끔 나를 보고 다시 방으로 들어갔다. 채널을 이리저리 돌리며 몇십 분쯤 보냈을까? 엄마가 화장실에 가려고 방에서 나왔다가 여태 같은 자세로 누워 있는 나를 보았다.

엄마　아직도 그대로 있네. 옷 갈아입고 씻고 봐.

나　　네에.

나는 건성으로 대답했다. 물론 엄마가 볼일을 보고 나왔을 때도 나는 변함없이 소파에 널브러져 있었다.

엄마　너 그러다 잠든다. 씻고 개운하게 보라니까.

이번엔 대답하지 않았다. 화장실에서 나와 부엌에서 물을 마시던 엄마가 한마디 더 붙였다.

엄마　얘, 안 일어나?

나　　아! 왜에? 좀 이따가 씻으면 되잖아요? 좀 내버려 둬. 내가 하고 싶을 때 할게요.

엄마 어차피 씻을 거 지금 씻어.

나 엄마아! 쫌!

엄마 아니 얘…

아빠 이 밤에 웬 큰소립니까.

엄마의 언성이 높아지려던 찰나, 방 안에 있던 아빠 목소리가 들려왔다. 엄마는 얕은 한숨을 내쉬고 방으로 들어갔고, 나는 입을 삐죽이며 몸을 일으켜 '아무것도 하지 않기' 모드를 종료했다.

거의 늘 이런 식이었다. 내가 게으름을 피울 때면 엄마아빠가 등장해 나의 나태함을 자꾸만 깨닫게 만들었다. 일주일 동안 업무에 시달리다가 토요일에 늦잠을 좀 자려고 하면,

엄마 (방문 열고) 아침 안 먹어?

나 (잠에서 덜 깨어난 목소리로) 네, 안 먹어요.

〈10분 뒤〉

엄마 (부엌에서 소리치며) 생선 따뜻할 때 먹어야 맛있어. 안 먹어?

나 (잠긴 목소리로) 안 먹어요.

엄마 응? 뭐라고?

나　　(애써 큰소리로) 안 먹는다구요!

〈5분 뒤〉

엄마　(다시 방문을 연 뒤) 계란찜도 있는데 일어나서 먹고 자.

나　　(이불을 뒤집어 쓰며) 엄마 쫌옴!

아빠　(식탁에서 들으라는 듯이) 아니 지금 몇 신데 밥도 안 먹고 자.

아빠까지 가세하면 할 수 없이 일어나서 식탁으로 갔다. 아침 8시였다. 대체 밥을 먹고 어떻게 다시 자라는 건지, 먹고 자는 것과 자고 일어나 먹는 것이 뭐가 그렇게 다른지, 속으로 투덜대며 밥을 먹다가, 인상 쓰고 밥 먹는다고 아빠한테 한소리 들으면 토요일 아침 루틴이 끝이 났다.

독립 후, 집에 엄마가 없어지자(?) 나는 앞서 이야기한 모든 상황으로부터 자유로워졌다. 옷부터 갈아입으라는 말과 아침 먹고 다시 자라는 말과 또 뭘 샀냐는 말과 그런 거 이미 있지 않냐는 말을 듣지 않아도 되었다. 나는 이제 미세먼지를 잔뜩 머금은 옷을 입은 채로 침대에서 맘껏 구를 수 있고, 그러다가 화장도 안 지우고 잠들 수도 있으며, 허리가 아플 때까지 자다 일어나 오후 4시에 첫 끼를 먹을 수도 있고, 검정 드레스를 몇 벌이고 옷장에 쟁일 수도 있다.

내 집에 엄마가 없고부터 나는 언제 씻고, 먹고, 잘지 스스로 정하는 사람이 되었다. 물론 그 선택이 어른스러운지는 별개의 문제다.

엄마가 없어서 나쁜 점

하루는 미역국이 몹시 먹고 싶었다. 미역국을 파는 식당이 어디 있더라? 떠오르는 곳은 찜질방뿐이었다. 미역국 먹으러 찜질방을 가야 하다니… 그런데 찜질방은 어디 있더라? 결국 다 늦은 저녁에 마트에서 자른 미역을 한 봉지 사 왔다. 4인분인 줄 알았던 미역은 다시 보니 40인분이었다. (이걸 언제 다 먹어?)

미역국은 보통 소고기를 넣고 끓이지만, 미역을 기름에 볶고 물을 넣어 뭉근하게 오래오래 끓이기만 해도 맛이 퍽 좋다. 문제는 그렇게 정성 들여 끓일 몸과 마음의 여유가 없다는 거지만. 미역국 파는 집을 검색하다가 결국 미역을 사 오고, 불리고 볶고 끓여 한 대접을 만들기까지 한 시간은 족히 걸렸다. 그럼에도 미역국은 '약한 불에 30분만 더 끓였으면 좋았을' 맛이었다.

국은 부엌에 가면 늘 있는 음식이었다. 두세 종류의 국이 있는 때도 흔했는데, 아침에 새로 끓인 콩나물국과 전날 저녁에 끓여둔 우거지 된장국이 아직 남아 있는 식이었다.

나는 국 없이 밥을 못 먹는 타입은 아니었다. 국물은 염분이 높아 살을 찌우고 건강을 해친다는 이야기를 들은 뒤로는 더욱 기피했다. 국에 밥을 말아 먹는 일은 드물었고, 기껏해야 건더기나 조금 건져 먹고 말았다. 그래도 국은 항상 있는 냉장고 속 김치 같은 존재였다. 적어도 엄마의 부엌에서는.

독립하고 2년쯤 지났을 때, 미역국이 몹시도 먹고 싶었던 그 밤 무렵, 나는 거의 매일 국물을 먹었다. 해장국, 콩나물국밥, 안동국밥, 육개장, 짬뽕… 식당에서 파는 국물 종류는 죄다 찾아다니며 먹었다. 가끔은 미역국이나 시금치 된장국같이 너무 흔한데 그것 하나만은 팔지 않는 국이 당기기도 했다.

미역국은 아쉬운 대로 끓여 먹었다. 레토르트는 좀 짜고 미역 건더기가 적어 대안이 되지 못했다. (최근 맛본 블록 형태로 건조된 미역국은 꽤 괜찮았다. 유레카!) 된장국은 꾹 참았다가 본가에 가서 먹었다. 한번은 된장국이 매우 먹고 싶어서 추운 날씨를 뚫고 본가에 갔는데 엄마가 옆집에서 받은 사골국을 줘서 진심으로 짜증이 났다. 집에 왔는데 엄마의 국물이 없다니. 추운데 여기까지 왔는데!

독립의 단점은 집에 엄마가 없는 것이다. 내 집에는 국물로 대변되는 엄마의 음식, 음식으로 대변되는 엄마의 노동이 없다. 혼자 살면서 국 끓이는 일이 얼마나 성가신지 알았다. 1인분 양 맞추기가 간 맞추기보다 어려웠고 맛 좀 내려면 죄다 육수가 필요했다. 항상 나보다 먼저 출근하던 엄마는 어떻게 아침마다 새로 국을 끓였을까. 얼마나 많이 반복했기에 그 성가신 일을 출근 전에 너끈히 해냈을까.

엄마가 없어서 나쁜 점은 내가 엄마의 노동에 얼마나 의존하고 있었는지를 마주하는 데에 있다.

엄마처럼 살기 싫어서 엄마는 엄마처럼 계속 살게 만들었던 나를 보는 데에 있다. 시금치 된장국이 먹고 싶을 때마다 엄마가 될 자신도, 엄마보다 더 나은 어른이 될 자신도 없는 나를 생각한다.

건조블록 미역국이 있어서 아주 조금 다행이지만.

"혼자 살아요"를 자연스럽게 말하는 방법

어디에서 비롯된 미신인지는 모르겠으나 나의 독립 소식을 들은 사람들은 하나같이 "이제 남자친구 금방 생기겠다." "혼자 사는 여자 인기 많아." 하는 말로 독립을 축하(?)해주었다.

그들의 말대로라면 나는 마침내 연애하기 좋은 여자 1순위인 '혼자 사는 여자'가 된 것이다. 내가 가진 장점이 혼자 사는 거라면 이걸 효과적으로 알려야 쓸모 있을 것이다. 근데 혼자 산다는 걸 어떻게 알리지?

"안녕하세요. 저는 손혜진이고 혼자 살아요." 하고 말할 수는 없지 않은가?

이런 고민(?)을 털어놓자 한 선배가 말했다.

"서먹한 사이에서는 어디 사느냐를 물어보게 되어 있어. 그럼 '본가는 인천인데 지금은 홍대 살아요.' 하고 대답해."

이렇게 지혜로운 선배라니!

하지만 실상은 혼자 산다는 사실이 낯선 남자에게 알려지는 건 두려운 일이었다. 누가 묻는 일도 드물었지만 혹여 사는 동네에 대한 질문을 받으면 마포나 연희동 근처라고 얼버무렸다. 홍대는 입 밖에 내지 않았다. 홍대 부근에 산다는 건 혼자 산다는 뜻이었다.

다들 농담처럼 혼자 사는 여자가 인기 좋다고 말했지만, 내가 혼자 산다는 이유로 나를 좋아한다면 그것처럼 별로인 게 어디 있겠는가. 그러나 이런저런 내적 갈등이 무색하게도, 독립 이후 지금까지 별 일은 없었다. (혼자 사는 여자 운운하는 남자들을 제쳐온 결과랄까? 훗.)

어찌 되었든 내가 원할 때 누구든 초대할 공간이 있다는 건 섹시한 일이었다. 내가 온전히 나일 수 있는 공간, 시간과 시선의 제약 없이 편안하게 있을 수 있는 곳, 내 물건과 내 냄새로 가득 찬 은밀하고도 든든한 나만의 장소를 가졌다니?!

'혼자 살면 연애하기 좋다'는 말은 '연애할 때 연인을 집에 초대하기 좋다'는 의미다. 연애할 기회가 많아진다는 게 아니라 연애가 깊어질 가능성이 높아진다는 뜻이라면 그래, 인

안녕하세요.
전 혼자살아요.

정한다. 그럼에도 독립했다면 “혼자 살아요.”를 자연스럽게 말하며 누군가에게 어필하기보다 자신의 온전한 세계를 구축하는 방법을 배우기에 힘쓰는 편이 좋다. 남자친구가 안 생겨서 하는 소리는 아니다.

창천동에 삽니다

서울 이외 지역에 사는 사람들은 보통 자신이 사는 곳을 부산, 광주, 수원, 충주처럼 '시' 단위로 말한다. 반면에 서울에 사는 사람들은 '동'이나 '역' 단위로 말한다. 간혹 '구' 단위로 말하는 사람도 있다.

내가 나고 자란 인천은 서울보다 면적이 1.7배나 크지만 사는 동네를 구체적으로 말할 기회는 적었다. 우선은 상대방이 궁금해하지 않았고, 말하더라도 대부분 그게 어디인지 잘 몰랐다. 가끔 서울 사람들에 섞여 사는 곳을 이야기하게 될 때면 도곡동, 망원동, 청파동에 이어 '주안동'이라고 대답하는 나를 상상하곤 했다.

서울로 이사 온 뒤에는 좀 더 구체적으로 사는 곳을 말할 수 있었다. 하지만 늘 다르게 말했다. 어느 날은 뭉뚱그려 홍대였고, 어떤 날은 동교동 삼거리 근처였으며, 센치한 날엔 연남동 앞, 좀 낯설다 싶은 사람에게는 마포구라고 했다. 연희동이라고 할 때가 제일 많았는데 해당 지역이 꽤 넓어서 너무 구체적이지 않고, 궁 이름에서 따와서인지 어감도 고급스러운데다 중산층의 여유까지 묻어나서 그랬다. 사는 곳 도로명이 연희로니까 크게 틀린 말은 아니었다.

가장 드물게 창천동이라고 대답했다. 상대가 홍대나 신촌을 잘 모른다면 인천 주안동과 다를 것이 없어서… 는 거짓말이고, 솔직히 이름이 마음에 안 들어서였다. 발음이 어려울 뿐만 아니라 거센소리가 두 개나 붙어, 어감이 거칠고 정확히 어디에 있는지 아무도 잘 모르는 창.천.동.

동네 이름을 집값이나 통근 시간, 면적, 채광과 같은 기준과 나란히 둘 수는 없겠지만 만약 고를 수 있다면 절대 선택하지 않았을 못생긴 이름, 창천동.

그렇다. 사실 나는 창천동에 산다.

창천(滄川)이란 이름은 서대문구 안산(鞍山)에서 시작하여 광흥창을 거쳐 서강(한강 서쪽)으로 흘러 들어가는 물줄기인 창내에서 유래되었다. 창천은 대부분 복개되어 도로 밑을 흐르고 있다. 창천동은 동교동, 연남동, 연희동, 신촌동 등과 인접해 길 한 번만 건너면 핫한 가게가 지천이다. (물론 그 한 번을 반드시 건너야 한다.) 신촌역과 홍대입구역이 가까워 도보 이동이 가능하다. (가능하다고 모두가 걷지는 않는다.)

처음엔 회사가 가까워서 창천동을 선택했다. 회사까지 걸어서 15분. 열두 시까지 야근해도 열두 시 반이면 침대에 누울 수 있었다. 그 위치쯤에 흑석동이 있었다면 흑석동을 택했을 것이고, 공덕동이 있었다면 그 또한 그랬을 것이다. 창천동은 나에게 딱 그 정도였다.

계약 만료를 앞두고 이사를 가야겠다는 생각이 들었다. 회사가 가까워서 택한 동네에 더 이상 회사가 없었으므로. 처음 창천동 집을 찾았을 때처럼 새로 다니게 된 회사를 중심에 두고 반경 2킬로미터 이내 집을 알아보았다. 그리고 며칠 동안 열 곳이 넘는 집을 봤다. 그나마 매물이 많은 때라는데도 눈에 차는 집이 없었다.

집을 보면 볼수록 내가 지금 얼마나 좋은 동네와 집에 사는지 새삼 깨달았다. 내가 살고 있는 집을 좋아하는 마음도 확실히 알았다. 수고해서 고른 집이기도 하거니와 온전한 내 첫 공간이었고, 핫 플레이스가 지척인 창천동 집을 어느 집이 쉽게 이길 수 있겠는가. 점심시간까지 할애해 열심히 집을 찾아보았지만 그건 '혹시'보다 '역시'에 힘을 싣기 위해서였다. 처음부터 마음은 기울어진 상태였는지도 모르겠다.

이곳에 온 지 2년 만에 창천동이 창천동이라서 선택한다. 나는 마포구가 아니라 서대문구에 살고, 연희동도 연남동도 홍대입구도 아닌 창천동에 산다. 당분간 그럴 것이다.

'의자'라는 세계

침대, 옷장, 다용도 선반 셋. 내 집에 가구라 부를 수 있는 것은 이것들이 다였다. 그런데 2년 만에 들이고 싶은 가구가 생겼다. 의자였다. 테이블이나 책상에 딸린 의자가 아니라 의자로서의 의자.

침대에 비스듬히 누워 책을 읽다 보면 나도 모르게 잠이 들었다. 불을 켜둔 채 불편한 자세로 자다 깨는 밤이면 늘 허탈했다. 책은 몇 쪽 넘기지도 못했고 잠은 잠대로 부족해서. 침대 말고는 책 읽을 곳이 없었다. 바닥은 차가웠고, 눈에 보이는 것은 침대뿐이었다. 하지만 침대는 앉는 곳이 아니라 눕는 곳이었다. 매번 안락함에 졌고 가슴팍에 책을 얹은 채 자다 깨기를 반복했다. 만성이었던 허리 통증이 더 심해진 것도 그즈음이었다.

'책 읽기 좋은 의자를 사자!'

그리고 의자를 샀다… 처럼 간단히 마무리 되었으면 좋겠지만, 그 뒤로 꽤 우여곡절이 있었다. 검색창에 '의자'를 집어넣으면 세상에 의자의 종류가 몹시 다양하다는 사실을 알게 된다. 내 방에 들이고 싶은 의자는 바퀴가 달려 있는 것도, 등받이가 날개형인 것도 아닌데 검색 결과에는 사무용 의자가 먼저 나오고, 그 다음을 잇는 건 보통 테이블용 의자다. 아니 이런 의자 말고, 그런 의자 있잖아. 그 그… 뭐라고 해야 하지?

처음 떠올린 의자는 '이케아 그(?) 의자'였다. 친구 집에서 본 이케아 그 의자는 찾아보니 '암체어'라는 친구였다. 당장 결제를 하려다가 생각보다 공간을 많이 차지한다는 리뷰에 주춤했다. 의자에 내 방을 빼앗기고 싶지 않았으니까. 그럼 대체 뭘 사야 해?

의자를 찾고 있다고 하자, 인테리어에 관심 많은 한 사람이 '라운지체어'라는 장르를 알려주었다. 20~30만 원 '정도'면 괜찮은 의자를 살 수 있다는 말을 덧붙였다. '헤엑! 의자 하나 값이!' 짐짓 놀랐으나 '라운지체어'를 검색하고 곧 왜 '정도'라는 표현을 썼는지 이해했다. 몇 백에서 천만 원을 호가하는 라운지체어의 세계가 있었다.

하지만 보자마자 라운지체어야말로 내가 원하는 의자라는 걸 알았다. 라운지체어는 다른 의자에 비해서 다리가 짧다. 키가 작은 편이고 허리가 안 좋아서 발바닥이 바닥에 닿았으면 했는데 라운지체어가 딱 그랬다. 등받이가 낮지도 높지도 않아 안정적인 자세로 책을 읽기에도 좋았다. 내 작고 아담한 방에 놓기에 크기도 적당했다.

모든 것이 좋았다. 가격만 빼고.

라운지체어를 갖고 싶었지만 내가 의자에 30만 원쯤 써도 되는지 확신이 없었다. 내 침대보다도 비쌌다. 의자를 사기로 했을 때부터 의자의 세계를 하나도 몰랐으면서 마음속에 정해둔 예산이 있었다는 걸 깨달았다. 10만 원 즈음이었다. 혹시나 누가 실수로 10만 원대의 라운지체어를 만들어내지 않았을까 하고 여러 날 쇼핑사이트를 뒤졌다. 그런 실수를 한 사람은 아직 없었다.

다시 검색으로 돌아갔다. 암체어, 라운지체어 등등을 검색어로 밀어넣고, 연관검색어를 타고 다니기를 또 여러 날. 결국 라운지체어와 닮았지만 팔걸이가 없는 의자를 찾아냈다. 그 친구도 이름이 있었다. '버터플라이체어' 가격대는 10만

원 초반. 우하하. 포기하지 않는 자에게 의자가 생긴다! 나는 환호했다. 그리고 의자와 함께 행복한 독서생활이 시작되었다… 라고 했으면 좋겠지만 모든 이야기가 해피엔딩일 수는 없다. 그렇다고 새드엔딩도 아니지만.

도착한 의자는 생각보다 컸다. 어디에 둬도 존재감을 뿜을 만큼 컸는데 다른 말로 하면 공간을 많이 차지했다. 생각보다 키도 커서 의자에 앉으면 발이 땅에 닿지 않았다. 프레임을 접고 펼 수 있어서 공간 활용에 좋다고 했지만 한번 펴진 의자는 접을 일이 없었다. 프레임에 탈부착할 수 있는 천을 씌워 의자를 만드는 형태라 세탁이 편하다고 했지만, 그걸 한 번도 빨지 않았다는 걸 글을 쓰면서 깨달았다.

아쉬움은 많지만 내게도 이제 의자가 있다. 앉아서 책도 읽고 휴대전화도 들여다보고 가방도 두고 옷도 거는 의자가 있다. 다음엔 돈 아끼지 말고 꼭 라운지체어를 사야지. 내 버터플라이체어에겐 비밀이지만.

머리 검은 짐승은 청소를 하기 싫더라

독립하고 청소가 오롯이 내 몫이 되면서 사람도 과연 동물임을 새삼 깨달았다. 바닥에 굴러다니는 머리카락들을 볼 때마다 '개나 고양이보다 좀 덜할 뿐이지 사람도 털이 많이 빠지는구나. 정말 사람은 동물이구나.' 하고 깨닫지 않을 도리가 없었다. 아무리 청소를 막 끝마친 뒤라 해도 돌아보면 머리카락 한 올쯤은 반드시 있었다. 내 머리카락인 걸 알면서도 걸레질로 모아지는 머리카락 뭉치를 볼 때면 섬뜩했다. 나 혼자 사는 게 아니었다면 남 탓을 하고 싶을 만큼 많았고, 때로 탈모가 의심될 정도로 너무너무 많았다.

사람이라는 동물은 현실에 쉬이 적응하는지, 내 것임이 분명한 머리카락은 며칠이 지나자 곧 의식하지 않고도 살게 되었다. 머리카락이란 빠지기 마련이다. 그럴 수 있다. 그럴 수 있어. 사람이니까, 동물이니까, 살아 있으니까, 털은 빠질 수 있어!

하지만 회사 일로 베트남 사이공에서 잠시 머물 때는 내가 털이 빠지는 동물임이 견딜 수 없었다. 하필 사이공 집의 바닥은 흰색 타일이었고, 흰 바닥에 떨어진 검은 머리카락은 너무나 눈에 잘 띄었기 때문이다. 타일은 정전기도 쉽게 일어나는 모양이었다. 하루 만에 먼지가 뽀얗게 쌓였다. 몇 번이고 반복해서 걸레질도 해보고 청소도우미도 불러봤지만, 몇 발자국만 돌아다니면 먼지 때문에 발바닥이 서걱거렸다.

어쩔 수 없이 슬리퍼를 신었다. 아파트에서 서비스로 챙겨준 슬리퍼는 너무나 못생겨서 신을 때마다 차라리 발바닥이 더러워지는 게 나을까 싶을 정도였다. 사이공에서 마음에 드는 슬리퍼를 못 찾아 한국에서 공수까지 받았지만 해결책은 아니었다. 슬리퍼 바닥에 붙은 먼지와 머리카락을 보면 더러워진 발바닥을 보는 것만큼이나 더 찜찜했다.

서울 집보다 면적이 넓어서 청소하는 데 더 많은 시간이 들었다. 밀대에 붙였다 떼었다 할 수 있는 물걸레는 청소할 때마다 예닐곱 번씩 빨아야 했다. 그렇게 닦고 빨고를 반복해도 맨발로 다닐 수 없었다. 청소를 끝내도 발바닥은 어느새 회색이 되어 있었다. 의욕이 점점 사라졌다. 바닥에 떨어진 머리카락은 점점 더 잘 보였다.

청소 스트레스가 극심해질 무렵, 한국에 갔던 팀원이 신문물과 함께 돌아왔다. 바로 로봇청소기. 처음 사이공에 갈 채비를 하던 무렵, 대부분이 옷가지나 소품 위주로 짐을 쌀 때 어떤 이는 한국에서 쓰던 로봇청소기를 먼저 챙겼다는 이야기를 들었다. 그때는 '아니 뭐 청소기까지.'라고 생각했는데 고작 몇 달 뒤, 또 다른 팀원이 로봇청소기를 사 왔다는 소식에 귀가 번쩍 뜨였다.

"그럼 집에서 맨발로 다니세요?"

그는 그렇다고 했고, 나는 바로 로봇청소기를 주문했다.

주문한 제품은 샤오미 4세대 로봇청소기로 가격은 20만 원 정도다. (지금은 30만원 정도로 올랐다.) 사양이나 성능 같은 것은 읽어보지도 않았다. 물걸레 기능이 있고 한국에서 가져올 만한 크기와 무게에, 전체적으로 만족스럽다는 팀원의 이야기면 충분했다. 게다가 그 팀원은 개발자였다. 옛말에 '약은 약사에게, 기계는 개발자에게'라는 말도 있지 않던가. 더 검토할 필요 없이 나 대신 청소할, 아니 나보다 더 깨끗하게 청소할 존재를 집에 들이기 위해 20만 원을 결제했다.

가져오는 과정이 생각보다 험난했지만 사이공 집 한 켠에서 얌전히 충전 중인 청소기를 볼 때마다 흐뭇했다. 외출한 사이에 앱으로 청소를 시키면 청소를 하는 그래픽 이미지와 함께 청소 시간, 면적, 배터리 정보를 볼 수 있었다. 청소를 다 끝낸 뒤엔 "청소를 마치고 충전기로 돌아가고 있습니다"라는 알림과 함께 충전기로 돌아가는 그림이 나오는데 가장 귀여운 순간이다.

한국에서 온 개발자 한 명이 전파한 신문물은 금세 온 사무실에 퍼졌다. 그리고 샤오미 로봇청소기를 써본 팀원들 모두가 청소 스트레스로부터 해방되었다며 무척 만족스러워했다. 슬리퍼 없이 맨발로 집을 누비는 기쁨이란!

스스로 움직이는 기계는 마치 살아 있는 생명체 같다. 그래서 자연스럽게 이름을 붙였다. 이름은 '해달이'로 '밤낮없이 청소를 잘하는 친구'라는 의미다. 청소가 소명인 친구에게 밤낮으로 청소를 시키는 게 너무한 일은 아니지만, 이 하얗고 귀엽고 성실한 친구에게 자신도 모르게 감정이입을 해버리면 이름이 좀 너무하게 들리기도 했다. 그도 그럴 것이 나부터도 우리 해달이('우리'라고 했다!)가 너무 귀엽고 사랑스러워서 이 친구가 청소하는 모습을 자꾸만 쳐다보게 되니까. 내가 집을 비웠을 때도 청소할 수 있는 이 친구를 굳이 내 눈앞에서 청소하도록 시키면서 말이다.

마침내 '도비는 자유'다. 20만 원으로 이런 자유를 만끽하게 해준 현대 기술에 찬사를 보내며 로봇청소기 상용화하신분, 사는 동안 자유로우시길 진심으로 바란다. (이왕이면 자동급수랑 자동먼지통 세척이랑 비우기랑 자동물걸레 빨기도 빨리 개발해주시면 좋겠다.)

"여러분, 빨리 로봇청소기를 집으로 들이세요."

우리집에 냉장고가 산다

부모님과 살면서 공과금을 신경 써본 적이 없던 나는 독립 후 첫 고지서를 기다리며 긴장했다. 독립 선배들은 그래 봤자 원룸이고, 혼자 살면 얼마 안 나온다고 했지만 '얼마 안 나오는' 기준조차 내겐 없었다. 드라마에서 공과금을 못 내 수도와 전기가 끊기는 장면이 나오면, 내게도 감당하기 버거울 만큼 많은 요금이 나오면 어쩌나 하고 걱정했다. 고지서를 받고 보니, 때가 되면 예상한 만큼의 돈이 들어오는 월급 생활자에게 아주 부담스러운 금액은 아니었다.

그러나 전기, 가스, 인터넷, 관리비(수도요금 포함)로 묶어보자면 전체 생활비에서 비중이 낮은 것도 아니었다. 부모님과 함께 살 때는 내가 치르지 않아도 되었던 비용 항목이 갑자기 넷이나 생겼다. 그것만으로도 용돈이 줄어드는 느낌이었다. 공과금을 절약하는 만큼 내가 쓸 수 있는 돈이 늘어나기 때문에 그 비용을 줄이는 게 독립 초반의 주 관심사였다.

부모님과 함께 인천 집에 살 때는 지역 케이블의 인터넷을 이용했다. 오래 사용하던 유선방송에서 인터넷 서비스도 한다기에 비교도 하지 않고 가입해서 10년을 넘게 썼다. 지역 케이블은 요금이 저렴한 편인데 결정을 하려니 품질이 괜히 불안했다. 그래서 믿음직한 대기업 인터넷을 골랐다…기보다 3년 약정을 하면 백화점 상품권을 준다기에 골랐다. 그리고 그 상품권은 나의 회색 코트가 되었다. 집 계약기간이 2년이라 3년 약정을 못 지키면 어쩌나 하는 걱정도 있었는데 (그러면 사은품을 도로 뱉어내야 한다.) 세월이 훌쩍 지나 어느새 3년이 지나 있었다. 귀찮음에 지지만 않는다면, 약정이 끝나는 시점에 다른 브랜드로 이동하거나 재약정하는 방법으로 또 코트를 살 수도 있겠지만, 나는 늘 귀찮음에 졌다.

인천 집은 단독주택이었다. 소음에 자유롭고, 사생활도 보호되고, 마당에 감나무도 있는 등 좋은 점이 정말 많았지만 겨울에 취약했다. 공동주택들은 좌우, 위아래로 집들에 둘러싸여 있어서 자연스럽게 보온이 되지만 단독주택은 사방으로 열을 빼앗겼다. 엄마는 가스요금을 내는 자에게만 실내온

도를 높일 자격이 있다고 했다. 나는 자격을 포기했다. 우리는 극세사 잠옷에 두꺼운 수면양말까지 동원해도 코끝이 시린 겨울을 나곤 했다. 그런(?) 집에서 살았기에 엄마는 초겨울에 독립한 나를 걱정했다. 자꾸만 전화를 걸어 춥지 않냐고 물었다.

"엄마, 우리 집(인천)보다 추운 집은 없어." 전화 저편의 엄마가 웃었다.

나의 집(창천)은 양옆과 위아래로 다른 집들에 싸여 있어, 애초에 공기가 별로 차갑지 않다. 영하로 떨어진 날씨에나 잠깐씩 보일러를 돌려 공기를 덥혔다. 그래도 추우면 인천 집에서 공수한 전기장판을 켰다. 어떻게 해도 단독주택의 겨울보다 따뜻했기 때문이었지만 누구도 이 집의 가스요금을 대신 내주지 않는다는 점도 컸다. 가스요금이 제일 무서웠다. 어디까지 따뜻해도 될지 감이 안 잡혔고, 마냥 아끼는 게 답도 아니었다. 추운 날씨에 난방을 너무 안 하면 보일러가 동파되어서 더 큰 비용을 치러야 한다는 흉흉한 괴담이 온 도시에 파다했다.

실내온도 18~19도에 보일러를 맞춰놓고 그 온도를 유지하는 쪽으로 방향을 잡았다. 극세사 잠옷과 수면양말은 여전히 필요했다. 코끝이 시릴 만큼은 아니었지만 조금은 서늘한 겨울을 보내고 나서 2만 원 안팎의 명세서를 받아들었다. 휴우, 춥지만 잘 싸웠다.

독립해서 회사와 집이 가까워졌지만, 내가 회사 근처로 이사 왔다는 소문이 돌았는지 일이 늘었다. 새벽에 퇴근해 아침에 출근하는 생활이 이어졌다. 주말이면 인천 집에 다녀왔다. 자는 시간을 빼면 집에 있는 시간이 얼마 되지도 않아서 집에 들어간 돈이 아까웠다. 야근이 유독 많던 달에 나온 전기요금은 가히 충격적이었다. 2,700원. 이 정도면 사람이 산다기보다 냉장고가 사는 거 아닌가. 이 집에서 내 존재감이 냉장고만도 못하다니… 하면서도 전기요금이 조금 나와서 좋아하는 내 안의 어떤 자아가 옅게 웃었다. 안 쓰는 코드는 뽑아놓길 잘했다면서.

여름은 또 다른 이야기다. 냉장고와 함께 에어컨이 사니까. 에어컨 바람을 그다지 좋아하지 않고 오래된 에어컨 소음이 싫어서, 선풍기를 주로 쓰지만 선풍기로는 도저히 해결되지 않는 날도 많다. 추위는 전기장판에 극세사에 핫팩이라도 동원해 어찌어찌 넘어간다 해도 더위는 도무지 대안이 없다. 보통은 대안이 없을 때나 되어야지 에어컨을 등장시켰다. 퇴근하고 집에 돌아왔을 때 더운 게 싫어서 에어컨을 틀어놓고 출근하는 사람의 이야기를 들었을 때, 내가 너무 궁상인가 싶기도 했다. 아니지, 아니지. 퇴근하자마자 에어컨을 약하게 틀고 욕실로 직행해 씻고 나오면, 하루 종일 에어컨이 틀어져 있었던 것만 같은 뽀송뽀송 시원함을 느낄 수 있는데 왜 굳이?

조금 궁상맞게, 약간 더 귀찮게 살면 한 달에 5천 원에서 만 원쯤 아낄 수 있다. 1년이면 12만 원, 10년이면 120만 원, 무려 100년이면 겨우 1200만 원…. 에이! 때려쳐! 치킨 한 마리 덜 먹는 게 에어컨 며칠 안 트는 것보다 더 많이 아끼는 것이지만, 아마도 또 여름이 오면 2만 원짜리 치킨을 시켜놓고 찬물로 머리를 감을 것이다. 하하. 그래도 뭐라 하는 사람 없어서 좋은 독립 만세!

「블루베리와 망고의 맛」

밴쿠버에서 블루베리를 먹었을 때 뭔지 모르게 낯설었다. 왜지? 곧 낯섦의 원인이 밝혀졌다. 냉동이 아닌 블루베리를 처음 먹어보았기 때문이다. 애플망고를 먹었을 때는 낯섦이 조금 더했다. 얼지 않은 망고를 먹은 것 역시 처음이었는데 베리류보다 과육이 크고, 당도가 높아서 약간 충격적이기까지 했다.

그때까지 내가 먹어본 베리류와 망고류는 모두 얼렸거나 건조됐거나 설탕에 절여진 것뿐이었다. 나는 밴쿠버에서 블루베리의 원산지가 북아메리카인 것도 처음 알았고, 망고의 배를 가르면 갈빗대 같은 커다란 씨앗이 나오는 것도 처음 알았다.

지금은 가격대가 많이 내려간 데다가 구하기도 제법 쉽지만 내가 어학연수를 떠났던 해만 해도 블루베리와 망고는 한국에서 좀 귀한 과일이었다. 밴쿠버에서 내가 먹은 애플망고는 개당 2~3천 원 꼴이었는데 멕시코 어딘가에서 왔다고 했다. 한국에서 내가 만난 망고들도 보통 필리핀 어딘가에서 왔는데, 백화점에서 스티로폼 그물망에 싸인 채 개당 만 원 정도에 팔렸다. 망고는 밴쿠버도 수입이고, 우리나라도 마찬가지인데 대체 왜 그렇게 가격 차이가 나는 걸까?

밴쿠버에서 망고에 붙어 있는 과육을 뜯어 먹으며 '이 맛은 몰랐어도 좋을 맛'이라고 생각했다. 여기서야 적당한 값으로 먹을 수 있지만 한국에서는 거의 못 먹을 테니까. '먹어보고 싶은 것'과 '먹고 싶은 것'은 다르다. 먹어보지 않은 음식을 그리워하는 사람은 없다. 나는 망고 맛을 알았고, 망고가 먹고 싶어질 것이고, 먹지 못하면 그리워질 것이었다. 망고를 먹고 싶지만 쉬이 먹을 수 없는 나를 마주할 때면 조금 불행할 것 같았다. 그런 생각이 들 만큼 망고는 맛있었다.

사이공에서 일하는 동안은 회사에서 숙소를 지원해줬다. 방 하나 거실 하나 욕실 하나가 딸린 15평형 아파트에 혼자 살다가 귀국해 창천동 집으로 돌아왔더니 갑갑했다. 집에 들어서자마자 그랬던 것은 아니다. 아무렇지도 않게 있다가 문득 '아, 이제 방에 들어가서 쉬고 싶다.'라는 생각이 들었는데 들어갈 방이 없어서 깨달았다.

휴식과 생활의 공간이 분리된 곳에 살다가 모든 것이 한데 섞여 있는 곳으로 돌아오니 그전에는 보이지 않던 것들이 보였다. 이사를 가기로 결정했다. 석 달 뒤, 방 두 칸에 작은 거실과 부엌이 있는 집으로 이사했다. (이렇게 한두 줄로 줄이기엔 험난한 여정이었지만.)

사이공에서 아파트 생활을 경험하지 못했다면 창천동 집이 좁은 줄 모르고 몇 년쯤 더 살았을 것이다. 새 집에 퀸사이즈 침대가 들어오고, 한 칸이었던 옷장이 두 칸짜리가 되고, 테이블까지 들어온 어느 날, 방에서 나와(나오다니!) 모퉁이(모퉁이라니!)를 돌아(돌다니!) 화장실로 들어가 비데가 설치된 변기에 앉았는데 '이제 아마도, 아니 확실히 원룸으로 돌아갈 수 없어!' 하는 생각이 들었다. 그리고 밴쿠버에서 먹었던 망고가 기억났다. 몰랐어도 좋았을 만큼 맛있었던 망고가.

혹시나 원룸으로 돌아가게 된다면 나는 불행할까?

휴먼 다큐를 보면 '어린 시절 부모님 사업이 망해 빚쟁이들의 독촉을 받을 정도로 형편이 너무 어려웠지만 노력 끝에 성공한 사람이 되어 부모님께 집을 사드렸다'하는 식의 사연을 자주 접한다. 그때마다 나는 정말 가난한 사람들은 망하지 않는다고 생각했다. 가진 게 있는 사람이나 잃을 수 있으니까.

50평 살던 사람은 30평으로 이사를 가면 망했다고 생각하지만, 5평 살던 사람은 30평으로 이사를 가면 성공했다고 생각한다. 같은 30평에 살더라도 50평에 살았던 사람이 5평에 살았던 사람보다 더욱 50평에 살고 싶지 않을까? 저마다의 사연을 다 알 수는 없지만 50평의 삶에는 위치에너지가 있을 거 같다. 다시 50평 이상의 삶을 살게 될 때까지 올라갈 수 있는 힘 같은 것. 50평으로 돌아가고자 하는 관성 같은 것. 그게 있어서 남들보다 더 노력할 수 있고, 성공한 사람이 되고, 돈을 벌 수 있는지도 모른다.

일이 틀어져 원룸으로 돌아간다면 며칠쯤 불행할지도 모르겠다. 하지만 곧 '다시 투룸으로 가야지. 은행에서 대출을 많이 해주는 사람이 되어야지. 그리고 이왕이면 서울에 내 집도 한번 가져봐야지.' 하고 마음먹을 것이다. 왜냐하면 나는 투룸의 위치에너지를 가졌으니까.

망고 맛을 알아버렸으니까. 누구도 망고를 먹기 전과 후가 같을 수 없으니까.

이제 망고처럼 맛있는 음식을 먹게 되면 '몰랐어도 좋을 맛' 같은 생각은 하지 않기로 했다. 세상에는 몰랐어도 좋은 것보다 알아서 좋은 게 훨씬 많다. 대신 송순(宋純)의 <면앙정가> 시조에 등장하는 '나 한간 달 한간에 청풍 한간 맡겨두고/ 강산은 들일 데 없으니 둘러두고 보는' 것과 같은 만족은 이제 없을 것이다. '뭐 그래도 괜찮지 않나?' 하고 따뜻한 변기 위에 앉아서 생각해본다.

「 취향 」

나를 나답게 만드는 일

내가 진짜 좋아하는 게 뭘까?

오래전부터 무엇을 좋아하는지를 묻는 물음에 선뜻 대답하기 어려워했다. '좋아한다'는 말에는 책임이 뒤따르는 것 같았다. 대상을 꾸준히 사랑해야 하고, 누구보다 잘 알아야 하며, 시간과 돈을 아끼지 않아야 할 것 같았다. 이런 책임을 다할 수도 없으면서 좋아한다고 말하면 그건 거짓말 같아 보였다.

회사 입사지원서에 좋아하는 노래나 소설로 자기를 소개하는 항목이 있었다. 다른 부분은 다 작성해놓고 그 질문에 막혀서 며칠을 끙끙대다가 지원을 포기할 뻔했다. 무릇 좋아하는 소설이라면 열 번쯤은 읽었거나 필사를 했어야 할 것 같고, 소설을 읽기 전후의 삶이 눈에 띄게 달라졌어야만 할 것 같았다. 좋아하는 노래라면 그 노래를 처음 만났을 때를 잊지 못한다던가 '테이프가 늘어날 때까지 들었다.'와 같은 에피소드 하나쯤은 있어야 하지 않을까 싶었다. '책임질 수 없는 깊이만큼 좋아하는 노래나 소설로 어떻게 나를 소개한단 말이지?' 긴 고민 끝에 좋아한다는 말에 책임을 다해야 된다고 생각해서 대답이 조심스럽다는 말머리를 쓰고 나서야 겨우 그 항목을 채울 수 있었다.

서점 가는 길에 친구가 '좋아하는 책'이나 '좋아하는 작가'를 묻는다고 하자. 그 질문에 "좋아한다는 말에는 책임이 따른다고 생각하기 때문에 대답할 수 없어."라고 하지는 않는다. 대신 '좋아하는'을 '현재 관심이 있는' 또는 '최근에 흥미롭게 읽은' 등으로 번역하여 대답한다. 그 정도 융통성은 있다.

카페에서 '좋아하는 커피'를 묻는다 해도 쉽게 대답할 수 있다. 그런 물음은 특별한 호기심에서 비롯된 게 아니고 '안녕하세요?'나 '별일 없지?' 같은 인사처럼 가볍게 호감을 표현하는 것이기 때문이다. 그런 인사에 "안녕이요? 지금 안녕이라고 했습니까? 실업률과 출산율이 최저를 기록하고 남북관계마저 얼어붙는데 어떻게 안녕할 수가 있겠습니까?"라고 대답하는 사람은 없을 것이다. 그럼에도 불구하고 '좋아하는'이란 말 앞에 '가장'이라는 수식어까지 붙어버리면 대답을 머뭇거리게 된다. 물론 이 경우에도 '여럿 중에 제일 나은'으로 바꾸어 생각하면 대답이 한결 수월하다.

나를 아는 사람이라면 놀랄 수도 있겠는데 내가 '가장 좋아하는 음식'은 닭발이 아니다. 그건 '자주 먹는 음식' 정도다. 그것도 남들과 비교해 자주이지, 내가 먹는 다른 음식과 비교하자면 그리 자주도 아니다. 닭발보다는 김밥을 훨씬 더 많이 먹는다. 닭발이 주 0.5회, 김밥은 주 2회니까. 물론 자주 먹는 별식이라 몇 년 전 '올해의 음식'으로 뽑히기도 했지만, '가장 좋아하는 음식'의 타이틀을 얻진 못했다. 그렇다고 김밥을 가장 좋아하느냐 하면, 그건 또 아니다. 김밥은 끼니를 챙기기에 간편하고 저렴하며 웬만하면 실패가 없는 '안전한 음식'이어서 즐겨 먹을 뿐이다. 그럼 '가장 좋아하는 음식'은 대체 뭐냐고?

"흑흑. 저한테 왜 이러세요. 책임질 수 없기 때문에 대답할 수 없다고요."

내가 애용하는 것 중에 원피스도 있다. 나는 정말이지 시도 때도 없이 원피스를 산다. 그런데도 원피스를 좋아한다고 인정할 수 없었는데 왜냐하면 그렇다고 하는 순간, 정말 본격적으로 원피스를 사야 할 것 같았기 때문이다. 그래서 절제하기 위한 몇 가지 원칙을 세우고 나서야 내가 원피스를 좋아한다고 선포(?)할 수 있었다. 하지만 그 원칙들은 머지않아 부서졌고, 원피스 수는 기하급수적으로 늘어났다. 그러던 내게도 변화는 찾아왔다. 여전히 원피스를 사기는 하지만 원피스만 사지는 않게 된 것이다. 기분을 낼 때는 무조건 원피스만 입었는데 이제는 그렇지도 않게 됐다. 마음이 예전과 다르다는 걸 아는데 어떻게 그냥 한마디로 '원피스를 좋아한다'고 말할 수 있을까.

그렇다면 글쓰기는 어떨까? 어려서부터 글쓰기를 좋아했다. 글쓰기는 힘들 땐 위로가, 아플 땐 치유가, 머리가 복잡할 때는 정리가 되어주었다. 그런데 글쓰기를 좋아한다고 하기에는 그동안 글을 너무 안 썼다. 얼마나 안 썼는가 하면, 내가 작가가 되고 싶어서 국문과에 갔다는 사실이 낯설어질 만큼. 소설가가 되고 싶었는데 졸업 후 단편도 하나 안 썼다. 여전히 내 꿈은 작가인데 실천이 너무 부족해서 자꾸 과거형 어미를 쓴다. 이쯤 되니 글쓰기를 좋아한다기보다 '겁내지 않는다' 정도로 격하해야 할 것만 같다.

오랫동안 좋아하는 것이 분명한 사람을 부러워해왔다. 그런 사람은 그 말에 책임을 다했다. 질릴 때까지 돈가스와 냉면만 먹었고, 어떻게든 그 가수의 콘서트 티켓을 따냈으며, 수십 번 같은 영화를 보고, 매일매일 달리고, 기어코 세계여행을 떠났다. 나는 주로 그렇지 못했다. 좋아하는 것도 재능일까? 그것도 타고나는 것일까? 노력으로 무언가를 좋아할 수는 없으니까. 대체 어떻게 하면 좋아한다는 말에 걸맞는 책임을 다할 수 있을까?

어쨌든 한 가지는 확실하다. 나는 좋아하는 것이 분명한 것을 좋아한다. 아아, 세상 참 피곤하게 산다.

<계간 손혜진>

<계간 손혜진>은 프로필 상태 메시지나 대화명으로 자주 쓰는 문구다. '계간'이란 말은 평소에 별로 쓸 일이 없고, 사람 이름 앞에 붙어 있을 일은 더더욱 없어서 종종 무슨 뜻이냐는 질문을 받곤 한다. 계간(季刊)은 한 해에 네 번씩 계절에 따라 책이나 잡지 같은 것을 발행하는 일을 말한다. 하지만 이렇게 설명하는 경우는 잘 없다. 그저 "월간 윤종신 같은 거, 대신 이건 계절별로."라고 하면 대부분이 한 번에 이해한다. 그렇다. <계간 손혜진>은 <월간 윤종신>의 카피캣이다.

<월간 윤종신>이 등장했을 때 무릎을 탁 쳤다. 짧고 간결하지만 강렬한 이름이었다. 특히 '월간'이 눈길을 끌었다. 그때 그는 <라디오스타>, <패밀리가 떴다>에 이어 <슈퍼스타

K>까지 다양한 장르의 예능에서 고루 활약 중이었다. 창작과는 거리가 있어 보이는 활동과 빼곡한 일정에도 매달 노래 한 곡과 뮤직비디오를 세상에 내놓겠다니…. '월간'은 형식만 의미하는 게 아니었다.

그는 이름에 의지를 넣어버렸다. 빼도 박도 못하도록.

<환생>이라는 곡을 알게 된 이후로 그가 만든 노래, 특히 가사를 좋아했다. 예능 늦둥이에 등극(?)한 뒤로는 그의 재치를 아꼈다. 오디션 프로그램에서 심사하는 그는 너무 섹시해서 반하지 않을 도리가 없었다. <월간 윤종신>은 그 멋짐에 정점을 찍는 선언이었다.

우습게도 좋으면서 샘이 났다. 흔하다 못해 낡은 느낌의 '월간'이란 단어에 40년을 써온 자기 이름을 붙였을 뿐인데 너무 멋있었다. 매월 음악을 만들려고 벼러왔던 것도 아니면서 선점 당한 느낌이었다. 이름을 브랜드로 쓸 수 있는 자신감 또한 부러웠다.

나도 그런 걸 하고 싶었다. 하지만 그대로 따라 하는 건 싫었다. 그때 '계간'이 생각났다. 이거다! 똑같지는 않지만 충분히 비슷했다. 한 달에 한 번 무언가를 만들어낼 자신도 없는데 마침 잘됐다 싶었다. 석 달에 한 번, 1년에 네 번 정도라면 뭐라도 해볼 만하겠지.

그로부터 10년이 지났다. <월간 윤종신>은 오늘까지 이어져 그 이름으로 검색되는 곡만 100곡이 넘는다. <계간 손혜진>은 여전히 나의 대화명이다. ‘이번 분기에는 소설을 쓰고 다음 분기에는 노래를 만들어야지.’라면서 입으로만 그 시간을 지나왔다. 아주 가끔 무언가를 만들기도 했지만 계간 타이틀에는 턱없이 모자랐다.

사실 <계간 손혜진>은 <월간 윤종신>의 카피캣이 아니다. 카피캣이라도 되었으면, 그의 1/4이라도 닮았으면 하는 소망을 담은 이름이다. 그리고 그 마음을 잊지 말았으면 하고, 오늘도 그 대화명을 쓴다.

목요일에는 글을 씁니다

회사 생활을 시작한 뒤 대부분의 글은 분노나 슬픔을 억누를 수 없을 때 쓰였다. 글쓰기는 좋은 치료제였으나 거기에 익숙해지자, 점점 평화로운 시기에는 글을 쓰지 않게 되었다. 편안한 상태가 길어질수록 글쓰기는 낯설어졌다. 글쓰기가 낯설어지자 웬만한 분노나 슬픔으로는 쓰고 싶은 마음이 생기지 않았다. 그렇게 글쓰기와 점점 멀어지고 있을 때 '#목요일의글쓰기'를 만났다. 처음 '#목요일의글쓰기'가 결성됐다는 소식을 접했을 때 살짝 질투가 났다. 요일을 정해서 함께 글을 쓰고 그 글을 공개하겠다는 생각, 그리고 그대로 실천하고 있는 사람들은 나에게 아주 큰 자극이었다. '나는 왜 그렇게 못했을까?' 부러운 마음에 스스로를 탓하며 어떻게 하면 몰래 이 모임을 따라 할 수 있을까 고민하기도 했다. 다행히 모임은 열려 있었고, 나를 반갑게 맞아주었다. 그래서 질투 대신 사랑할 수 있게 되었다. (껴줘서 고마워요, 목글 창단 멤버들.) 쓰기 싫었던 목요일도 있었고, 쓸 말이 없던 목요일도 있었다. 의욕적으로 시작했으나 새벽 세 시까지 빈 원고를 붙잡고 있던 목요일도 있었다. 그럴 때마다 완성의 힘을 믿었다. 뭐가 되든 끝내는 것. 글쓰기는 이런 고비를 넘기면 조금은 는다고, 그러니까 꼭 끝까지 쓰자고 스스로 격려하며 해나갔다. 하지만 같이한 사람들이 없었다면, 그래서 누군가가 끝까지 써내는 걸 옆에서 보지 못했다면 그냥 잠들고 잊어버리는 날이 많았을 것이다.

'완성'과 더불어 '꾸준히'의 힘을 믿는다.

열 번의 목요일이 지난 뒤부터 손에 힘이 조금 빠진 느낌이다. 이전보다 부담이 덜하고 시간도 많이 단축되었다. 서른 번, 마흔 번의 목요일이 지나 내년 이맘때 다시 모인 우리는 오늘보다 더 나은 글을 쓰고 있을 것이다. 그리고 마지막엔 글 쓰는 목요일이 필요 없어지길 바란다. 글쓰기가 밥 먹듯이 숨 쉬듯이 몸에 익어, 따로 시간을 정해 애쓰지 않아도 될 만큼 습관이 되길. 부디….

즐거운 독립출판

회사 팀원 몇 명이 책 만들기 워크숍에 간다며 같이 가기를 권했다. 언젠가 책을 쓰고 싶기도 했고 동료들과 함께하면 서로 의지도 될 것 같아서 워크숍에 따라갔다. 4주 과정이었는데 당연히(?) 그 시간에는 책을 완성하지 못했다. 그동안 여기저기 써 놓았던 일기와 목요일의 글쓰기에서 쓴 에세이를 모으고 고쳐서 편집만 하는데 두 달이 걸렸다.

책을 만들던 두 달은 지루했다. 여유 시간 대부분을 책 만들기에 부어야 했다. 다른 책을 읽거나 영화를 볼 여유도 나지 않았다. 친구와 저녁을 먹으면서도 편집 중인 책이 자꾸 목에 걸렸다. 무거운 노트북을 들고 다니는 것도 지겨웠다. 빨리 끝내버리고 싶은데 원고만 열면 검토해야 할 것들과 고

쳐야 할 것들이 쏟아졌다. 입만 떼면 만들고 있는 책 이야기가 나왔다. 책 말고는 할 말도 별로 없었다.

책을 만들던 두 달은 즐거웠다. 여유 시간에 할 일이 생겼고 약속 없는 주말을 아쉬워하지 않아도 됐다. 티브이를 보거나 SNS를 들락거리는 시간이 줄었다. 친구에게 전할 근황이 생겼다. 일 말고 무언가에 긴 시간 집중한 건 아주 오랜만이었다. 편집을 하다가 두 번이나 밤을 샜다. 피곤했지만 졸리지 않았다. 책 이야기는 언제 해도 재미있었다.

누가 시켜서 하는 일도 아닌데 책 만들기는 주말 출근처럼 부담스러웠다가 월급날처럼 설렜다. 내 책이 세상에 나오길 기다리는 사람은 나 말곤 없는데 어쩐지 완성만 하면 좋은 일이 생길 것 같았다. 하지만 좋은 일이 생기지 않는다 해도 좋았다. 책을 만드는 지루하고도 즐거운 시간 동안 이미 얻은 게 많았으니까.

처음 만드는 책이라 당연히 처음 하는 것들이 많았고 '오! 이런 게 있었네! 아! 이렇게 하는 거였네!' 발견하고 감탄하는 순간의 연속이었다. 나중에 책을 만들면 배우고 얻은 것들을 정리해야지 했는데, 시간이 조금 지났다고 기억이 가물가물해지기에 몇몇을 추려 기록으로 남긴다.

우선, 책을 다른 방법으로 보게 됐다. 이전까지 책을 볼 때

장르가 무엇인지, 누가 썼는지, 어떤 내용이 담겼는지에만 신경 썼다. 표지 디자인 정도만 눈여겨보았을 뿐 책의 겉모습에는 별로 관심이 없었는데 책을 만들려고 하니 전혀 다른 것들이 눈에 들어왔다. 책의 크기는 어떤지, 총 몇 쪽인지, 표지는 양장인지, 무광코팅인지 유광코팅인지, 한 쪽에 상하좌우 여백은 얼마나 뒀는지, 책등에 제목이 세로쓰기인지 가로쓰기인지, 책날개는 있는지 없는지, '가격'이라고 썼는지 '값'이라고 썼는지, 쪽번호는 왼쪽 하단에 뒀는지 오른쪽 하단에 뒀는지, 종이는 미색을 썼는지 백색을 썼는지, 간지는 몇 장이나 들어가 있는지, '펴냄'이라고 썼는지 '발행'이라고 썼는지, 작가 소개는 약력을 나열했는지 아니면 문장으로 서술했는지…. 책을 만들지 않았다면 누군가는 분명 고민하고 결정하느라 애썼을 영역을 살펴볼 생각도 하지 않았을 것이다.

그리고 책을 만들면서 '만질 수 있는 보람'을 알게 됐다. 직업이 마케터라고 하면 "일 재미있어?" 하고 묻는 사람이 있다. '일이 다 일이지.'라고 생각하면서도, 그렇다면 많은 일 중에서 왜 하필 마케팅을 하는지 스스로에게 묻곤 한다. 그 대답 중 하나가 내가 한 일이 나와 다른 사람 눈에 보이고, 반응도 즉각적이기 때문이다. 그런데 책은 심지어 만져졌다. 물성이 주는 보람은 물성이 없을 때보다 네 배쯤 큰 것 같다.

마치 보람이 만져지는 것 같달까? 가제본으로 내가 만들 책을 미리 만난 것도 좋았다. 일단 눈에 보이고 만질 수 있으니까, 결과물을 더 구체적으로 상상할 수 있었고 끝까지 해낼 힘이 생겼다.

지난 글들을 책으로 엮으면서 내가 성장했음을 확인하게 되어 뿌듯했다. 몇 년간 여기저기 써놓았던 글들을 다시 읽어보니 '그사이에 내가 많이 자랐구나.' 싶었다. 오늘이라면 마음이 아프지도, 화가 나지도 않았을 일로 고민하며 글을 쓴 어제의 내가 귀여웠다. 나이를 헛먹지 않았음에 안도했다. 한편 그 시간이 지나면 더 이상 쓸 수 없는 글이 있음을 깨달았다. 다음이 아닌 지금 기록해야 할 이유를 다시 한 번 배웠다.

안 해보면 영원히 모르지만 해보면 금세 알게 되는 것들이 있다.

퍼블리셔(소프트웨어)의 존재, 상업적 완전 무료 폰트의 소중함, 113×188 쏜살문고 사이즈, 띄어쓰기 까막눈, 백색 모조지와 미색 모조지의 차이, 반누보 스노우화이트, 무광코팅의 촉감, 제단을 위한 3mm 여백, 세네카(책등), 양면 2도 인

쇄는 흑백, 양면 8도 인쇄는 컬러, 모니터와 실물의 색 차이, 실물과 사진의 색 차이, 인터프로 인디고, 책 한 권 제작비와 제작기간, '어른'을 키워드로 한 책이 많다는 사실, '○○○의 일'이라는 제목이 많다는 사실, OPP봉투와 안전봉투의 세계, 편의점 택배 이용법, 책 운송비, 파워블로거의 파워, 인플루언서의 인플루언스, 입고메일 보내는 법, 전국의 독립서점 등등등.

《어른의 일》을 시작으로 그동안 말만 하던 <계간 손혜진>도 시작되었다. 이름에 걸맞게 앞으로는 분기별로 작은 결과물을 내놓겠다는 목표도 생겼다. 무엇이든 시작하면 배우고 얻는 것이 있다. 그리고 시작한 일을 끝내면 그 다음 시작에 거름이 된다. 자, 그러니 책을 만들자. 시작을 시작하자.

「돈을 주고 '의지'를 샀다」

나를 키운 건 8할이 욕심이었다. 욕심 중에서도 승부욕의 지분이 큰데, 이기고 싶은 마음보다 지기 싫은 마음에 가깝다. 그게 그거라고 생각할 수도 있겠지만 미묘하게 다르다. 전자가 승리 뒤의 만족이나 기쁨을 향한 것이라면, 후자는 패배 뒤의 절망과 씁쓸함을 피하려는 것이니까. 그런데 이 승부욕이 승리와 패배로 나뉘지 않는 영역에서도 자주 발생한다. 약속을 취소하거나 성적이 떨어지거나, 도중에 그만두거나 하면 꼭 지는 것 같다. 그래서 약속을 지키고, 성적을 지키고, 완료를 지키려 애쓰면서 컸다. 이기고 싶어서가 아니라 지기 싫어서.

승부욕은 '시작용'이 아니었는지 미적거리다 얼마 전에 겨우 몇 가지를 시작할 수 있었는데, 그러자 '시작'은 곧 '결제'라는 걸 깨달았다. 배우들은 입금되면 뭐라도 해낸다는데 나는 입금을 해야 뭐라도 시작할 수 있구나. 필라테스도 독서클럽도 마케팅 관련 강의도 다 내가 돈 주고 산 의지다. 되게 비싸네….

비싸게 산 의지에 지지 않으려고 이번 주는 너무 열심히 살았다. 며칠 동안 책 두 권을 읽었고, 글 두 편을 썼다. 마케팅 강의를 듣기 시작했고, 독서클럽에도 나갔다. 영화 한 편을 봤고, 영상 한 편을 편집했다. 도시락을 세 번 싸고, 필라테스 교습을 두 차례 받았다. 동시에 회사를 두 군데 다니는 기분이었다. 누가 시킨 것도 아니라 남 탓도 못하고….

자전으로 하루를 완성하고 공전으로 1년을 완성하며 몇십억 년을 살아왔다는 지구.

나도 지구 같은 인간이 되어 하루하루 열심히 살다가 죽기를 꿈꾼다. 그런데 지구도 이렇게 졸릴까? 그런 와중에 글쓰기는 자꾸만 미뤄졌다. 지지난주 목요일의 글쓰기는 토요일의 글쓰기가 됐고, 지난주 목요일의 글쓰기는 일요일의 글쓰기가 되었는데, 이번 주는 금요일의 글쓰기가 됐다. 멤버들이 정해진 시간 안에 글을 써내는 걸 보면 부럽다. 나만 맨날 목요일에 지고 있다. 아마 결제를 안 해서 그런 모양이다. 목요일의 글쓰기 모임에 돈을 내야겠다. 얼마죠? 누구한테 드리면 되죠? (현금영수증 되나요?)

자기계발에 중독되었을 때

그러니까 시작은 자기계발 중독자마냥 모임과 과제를 반복하던 지난주부터였다. 그렇지 않아도 할 일이 잔뜩인데 딴 짓이 '훅' 하고 끼어들었다. 생전 눈길을 준 일이 없던 씨름 중계를 넋 놓고 보던 시험기간 같은 일이었다.

가사 있는 음악을 들으면서는 생각이 필요한 일을 못 한다. 어느새 가사를 따라가며 딴 생각에 빠져버리기 때문이다. 인공지능 스피커(설정명. 제시카)를 집에 들인 후 평상시에 배경으로 틀어놓을 음악 장르를 고르는 데 한참이 걸렸다. "책 읽을 때 좋은 음악 틀어줘."라고 했는데 잘 알려진 포크송이 나왔다. 음원 사이트가 큐레이팅을 잘못했는지, 아니면 인공지능이 학습을 잘못했는지, 아니면 대개는 가사가 잘 들리는 음악을 들으면서도 책을 읽을 수 있는 건지, 나에겐 맞지 않아 음악을 껐다. 그렇다면 가사가 안 들리는(?) 팝송을 들어야겠다 싶어서 "제시카, 팝송 틀어줘." 했더니 비트가 빠른 팝이 나왔다. 그러자 어느새 춤을 추고 있었다. 음악을 껐다. "제시카, 조용한 팝송 틀어줘." 보통은 귀에 잘 안 들어오던 후렴구 가사를 또 따라가고 있었다. 음악을 껐다. 비트도 가사도 없는 클래식을 듣기로 했다. 춤을 추거나 따라 부르지 않아서 집중에 좀 더 도움이 되는 것 같았다. 이후로 종종 클래식을 틀어놓고 책을 읽거나 글을 썼다.

분명 클래식을 배경처럼 깔아놓고 내 일에 집중하고 있었는데 어느새 따라 부르는 나를 발견했다. "레시솔 라시라솔 솔라솔라솔#파파 레시솔 라시라솔 솔라솔라솔#파파 레 레 시솔미 미솔미도 도라#파레" 잉? 뭐 하니? 그리고 다시(?)는 집중할 수 없었다.

어릴 적에 피아노 학원에서 여러 번 연습했던 곡, 인천 집에 살 때는 몇 년에 한 번쯤 악보를 꺼내 치곤 했던 그 곡이었다. '아직 칠 수 있을까? 한번 쳐보고 싶다. 우어어어어, 지금 당장 안 치고는 못 배기겠어. 당장! 다자아아앙!' 하고 지난 두 달간 꺼져 있던 디지털 피아노 전원을 켰다. 구글에서 모차르트 피아노 소나타를 검색하고, 그 노래가 16번 1악장

다장조였다는 걸 비로소 알았다.

이어폰 줄에 손가락은 자꾸 걸리고, 작은 휴대전화 화면 속 깨알 같은 음표들을 보느라 눈은 침침하고, 고작 악보 한 쪽을 치면서 왜 이렇게 틀리는지… 함께 검색된 다른 곡들의 앞단까지 몇 번 쳤더니 새벽 두 시였다. 그 시간에 피아노 소나타라니. 모차르트 나셨네.(라고 웃기엔 그분은 너무 천재지만. 세상 천재, 세상 멋쟁이 하트.)

잠자리에 누웠는데 자꾸만 영롱한 피아노 소리가 귓가에 울렸다. 원래 올해는 피아노를 쳐야 하는 운명이었는데 내가 자꾸 소설이니 뭐니 딴 데 한눈을 파니까, 하늘이 알려준 게 아닐까. 하지만 벌여놓은 일이 많은 판국에 피아노까지 얹기엔 염치가 없었다. 두 마음이 싸웠다.

천사 솔직히 말해. 피아노가 치고 싶은 게 아니라 딴짓하고 싶은 거잖아. 도망칠 생각 말고 하던 거나 잘하라고.

악마 뭐? 내가 무슨 유흥을 즐기겠다는 것도 아니고, 시간을 죽이겠다는 것도 아니고, 피아노가 도박도 아닌데 있는 피아노 좀 치면 어때? 어떠냐고오!

악마가 이겼고 결국 《모차르트 피아노 소나타》 1, 2, 3, 4권을 샀다. 집에 빨리 가고 싶었다. 일하다가도 문득 맑은 피아노 소리가 떠올랐다. 손가락이 움찔거렸다. 집에 돌아와서는 깨끗하게 씻고 피아노 앞에 앉았다. 악보를 펴고 이어폰을 꽂았다. 아날로그 피아노보다 소리나 터치감은 못하더라도, 야밤에 소음 걱정 없이 온전히 소리를 들을 수 있으니 참 좋았다. 틀리는 소리도 너무 잘 들리는 게 문제였지만.

어렸을 때 배웠던 곡을 치다가 새로운 곡을 익혀보려고 음원을 찾았다. 그 김에 원래 알았던 곡들도 다시 찾아 들었다. '어? 이게 이렇게 빠른 곡이었어?' 그 속도에 맞춰 다시 치려는데 짜증이 났다. 마음처럼 칠 수 없었다. 속도가 빨라지니 더 많이 틀렸다. '매일 꾸준히 연습하면 비슷하게는 칠 수 있을 거야. 우선 굳은 손가락을 풀어야 하니까 피아노 교본《하농》을 살까?'

어? 또냐? 또야! 젠장. 맞네, 맞어. 자기계발 중독자.

얼마 뒤 친구따라 탱고 콘서트에 갔다. 반도네오니스트로 유명한 고상지 씨와 클래식 연주자들이 함께하는 공연이었다. '이게 반도네온 소리구나!' 처음으로 귀 기울여 들었다. 피아졸라의 곡 가운데 바이올리니스트가 굉장히 연주하기 힘들어한 곡도 있었는데 제목이 <상어>였다. 그 바이올리니

스트는 '탱고계의 파가니니'라고 불렸다. 과연 인상적인 연주였고 앵콜도 청해 들었다. 집에 돌아와서 피아졸라와 파가니니를 번갈아 가며 듣고 있다. 피아노요? 모차르트 선생님! 잔소리는 하지 말아주세요. 그러면 하기 싫어진단 말이에욧! (먼산)

방탄소년단에 빠진 날

나는 아미(A.R.M.Y)가 아니다. 방탄소년단 팬클럽에 가입하지 않았고, 그들만큼 열정적이지도 못하다. 신곡이 나오는 날을 손꼽아 기다리지도, 앨범을 구입하지도, 뮤비를 몇 번이고 반복해 보지도 않는다.

“해외에서 그렇게 난리래.” “요새는 방탄이 제일 인기 많대.” 몇 년 전부터 이런 말을 자주 들으면서도 방탄에 대해 아는 것이라고는 RM(그때만 해도 랩몬스터)의 얼굴이 전부였다. 그것도 그가 내가 가끔 보던 예능프로그램에 나오는 출연자였기 때문이고, 방탄의 노래나 춤에는 관심이 없었다. 나중에 “난 좀 쩔어.” “불타오르네 파이어~.” 같은 가사를 보고 내 스타일이 아니라고 생각했다. ‘대체 노래야, 유행어야?’

하지만 나는 방탄소년단 팬이 되었다. 씨스타, 여자친구 등 걸그룹을 좋아했지만 아티스트와 사랑에 빠지는 순간은 없었다. 있었다 하더라도 기억하지 못했다. 늘 서서히 팬이 됐다. '어라, 어느새 내가 이들을 지켜보고 있었네.' 하면서. 그런데 흔히 말하는 '덕통사고'의 순간이 방탄소년단에게는 있었다. 몹시 충격적이었는지 그날 일기를 썼다. 날짜도 정확히 기억한다. 2017년 5월 7일 일요일이었다.

그날 우연히 방탄소년단 안무 영상을 찾아봤다. 보이그룹에는 관심이 없어서 빅뱅 이후에는 엑소 정도만 몇 번 찾아봤는데, 프로듀스 101 시즌 2에서 <상남자> 커버무대를 보다가 원곡이 궁금해진 까닭이었다. 그리고 곧, 여자친구의 안무를 봤을 때와 같은 충격이 왔다. 아니 그보다 더 큰 충격이었다. 영상을 보며 '저렇게 하는 게 가능해?' 하는 생각이 들었다. 내 눈이 그들이 춤추는 동작을 못 따라갔다. 보고 있는데도 그 재능과 연습량이 믿기지 않았다. 데뷔한 지 5년이 됐다는 멤버들은 아직도 이름에 걸맞게 '소년' 같았다.

그날 이후 방탄을 전하고 다녔다. "방탄 알아? 무대 본 적 있어, 없어? 없으면 안무영상 찾아서 한 번 봐."

퍼포먼스의 충격을 친구들과 나누고 싶었다. 방탄을 좋아하는 친구를 만나면 서로 가장 아끼는 영상을 추천했다. 아직 관심이 없는 친구들에겐 꽉 찬 4분의 무대를 몇 마디 수식어로 전할 자신이 없었다. 그저 한 번만 무대를 보라고 권할 뿐이었다. 한 번. 그거면 충분하다고.

방탄의 안무영상을 더 찾아보면서 안 보이던 게 보이기 시작했다. 바로 멤버들의 성장이었다. 여러 영상을 보면서 깨달았다. 분명 점점 더 좋아지고 있었다. 여기서 더 좋아질 수가 있나 싶을 만큼 이미 훌륭하다고 생각했는데 다음 곡, 또 다음 곡에서 기어코 더 좋아졌다. 처음부터 알아본 건 아니었지만 결국 나 같은 일반인 눈에 보일 정도로 안무의 난이도와 안무를 소화하는 멤버들의 능력치가 성장했다.

한 번 더 방탄에 치이는 순간이었다. 이쯤 되면 이건 재능의 영역이 아니라 장인의 영역이었다. 성실함이 재능을 이겼다. 팀워크가 스타성을 이겼다. 어찌 그렇게까지 할 수 있었을까? 이들은 대체 뭐 하는 사람들일까?

팬이라고 했지만 겨우 멤버들의 이름과 얼굴을 알아볼 수 있을 정도다. 여전히 각 멤버들의 역할은 잘 모른다. 방탄의 차별점으로 팬들과의 활발한 소통, 멤버들 작사작곡 참여를 드는 것도 기사로만 접했다. 가끔 생각이 나면 유튜브 검색창에 '방탄 안무 영상' '방탄 레전드 무대'를 쳐넣는다. 그리고 이미 여러 번 본 그들의 퍼포먼스를 또 본다. 긴 시간을 견뎌 완성한 무대를 몇 번이고 반복하면서도 지루함이 없는 얼굴들을 본다. 음악이 끝날 때까지 흩어질 줄 모르는 집중력에 빨려 들어간다.

무대를 그 정도 수준까지 끌어올릴 수 있었던 동력은 어디에서 나왔을까? 무엇을 목표로 달렸을까? 올림픽이 있는 영역도 아니고, 처음부터 빌보드 무대를 그렸던 것도 아니었을 텐데…. 방탄의 성공 요인을 분석하는 글들을 볼 때마다 '분석한다고 될 일인가.' 하고 생각했지만, 누군가가 방탄이 동기부여하는 방법을 자세히 써준다면 그 글은 꼭 읽어보고 싶다. 즐거울 수만은 없을 연습과 반복의 쳇바퀴에서 살아남는 법, 그것이 알고 싶다.

아이돌이라면 다들 방탄과 엇비슷한 퍼포먼스를 보여주지 않냐고 물을 수도 있다. 보이그룹에 별 관심이 없기 때문에 딱 잘라 아니라고 대답하기 힘들어, 다른 10여 팀의 최근 안무 영상을 찾아보았다. 확인하는 영상이 늘어날수록 방탄 퍼포먼스가 탁월함을 확신할 수 있었다. 다른 그룹을 얕잡을 생각은 아니다. 팀마다 컨셉과 노래, 추구하는 방향이 다르니까. 다만 나에게는 방탄 스타일이 맞는다. 기승전결이 있고, 동작과 동작 사이가 촘촘하며, 쏟아지듯 맹렬한 안무가 좋다.

초기 방탄의 가사는 여전히 듣기 힘들다. 신나니까 나도 모르게 따라 부르긴 하는데 의미를 생각하면 현타가 온다. ("되고파 너의 오빠"라니… "육포가 좋으니까 육포세대"라니…) 다행히 방탄의 가사도 그들과 함께 성장 중이다. <Fake Love>는 확실히 내 손발을 지켜주었다.

이 글을 여기까지 읽어내려 왔는데도 방탄의 퍼포먼스에 관심이 안 생겼다면 내가 영업을 제대로 못한 탓이다. 방탄을 알면 새로운 세계가 열릴 수도 있다. 그게 유튜브나 트위터를 통한 새로운 형태(30대 이상에게 해당된다.)의 팬질일 수 있고, 아이돌에 대한 편견의 해소일 수도 있다. 못해도 방탄이라는 가장 핫한 트렌드를 체험할 수 있다.

한번 보고는 싶은데 너무 많은 영상 때문에 시작이 망설여지는 분들을 위해 내가 좋아하는 영상을 소개한다. 무대 영상보다는 연습실에서 찍은 안무 영상을 좋아한다. 의상도, 조명도, 카메라 워킹도 없이 오로지 음악과 춤만 있는 영상. 그런 취향이 반영된 목록이다.

✔ 〈쩔어〉의 안무 영상: 가장 많이 반복해서 본 영상. 최고 난이도 안무라고 할 수는 없는데 바운스가 매력적이다. 나의 비루한 몸뚱어리까지 들썩이게 만든달까.

✔ 〈피 땀 눈물〉의 안무 영상: 방탄의 퍼포먼스 중에서 춤

선이 가장 곱고, 절제미가 돋보인다. 비장미랄까, 처연함이랄까. 곡 분위기에 잘 어울리는 안무가 백미.

✔ 〈I need U〉의 무대 영상: 소년단이라는 이름과 찰떡이었던 무대의상. 남성 반바지의 역사를 바꿨다고 감히 평가한다.

✔ 2018 MMA IDOL 스페셜 스테이지: 방탄소년단의 시상식 퍼포먼스는 이미 소문난 맛집이지만 그중에서도 내가 가장 아끼는 무대 영상이다. 무대 구성부터 섭외, 의상, 편곡 어느 하나 소홀히 한 부분이 없다. 방탄의 압도적인 퍼포먼스 스케일을 엿 볼 수 있는 영상.

혹시 아직도 보기 싫은가? 평안 감사도 저 싫으면 그만이라지만, 그래도 사람이 이만큼 정성을 들여 추천하면 일단 한 번은 보고 '난 잘 모르겠는데?' 해주길 바란다. 거부는 거부한다.

도서비가 지원되면 생기는 일

소설가가 꿈이라고 하면, 으레 책을 좋아하고 많이 읽을 것이라고 기대한다. 그 기대에 부응하기 위해 책을 읽던 때도 있었다. 대졸실업자로 분류될 때는 하루 종일 책으로 도피하기도 했다. 하지만 대부분의 시간을 많이 읽어야 한다는 부담만 안고 살았다.

대학 새내기 시절, 문학동아리에 가입하고 읽은 첫 책은 괴테의 《파우스트》였다. 정확히 말하면 동아리 모임을 위해 '읽어야 했던 책'이었다. 나름 문학소녀라고 믿고, 무려 문학동아리에 가입했지만 돌아보니 한국소설 말고는 읽은 책이 거의 없다시피 했다. 서양고전은 더더욱 읽은 적이 없었다.

《파우스트》는 두껍고 주제나 내용도 어려웠지만, 무엇보다 번역 투 문장에 질려 진도가 나가지 않았다. 그려왔던 대학생활과 달라 조금 실망할 즈음이라 책 한 권도 제대로 읽어내지 못하는 자신이 부끄럽고 싫어 학교를 그만두고 싶을 지경이었다. 재미없어도 고전이기 때문에 꾹 참고 읽어야 하는지, 아니 대체 고전이 뭔지, 그게 뭐라고 내 기를 죽이는지 그저 다 싫었다.

"고전이 달리 고전이겠어. 고전을 읽어야 해."라는 말은 '고전은 중요하다. 왜냐하면 고전은 중요하기 때문이다.'처럼 들렸다.

책 읽기의 맥이 끊겼다가 다시 시작할 때마다 무얼 읽어야 할지 막막했다. 책은 너무 많은데 무얼 선택해야 실패가 없을까. 서울대 권장도서, 청소년 권장도서, 지식인의 서재나 명사들이 추천한 책들을 적어뒀다가 도서관에 가서 찾아 읽었다. 책 제목을 적을 때는 재미있어 보였는데 도서관에서 실물을 보면 읽기 싫어지는 책도 많았다. 몇 십 권의 목록에서 겨우 두세 권을 건졌다. 책을 읽다 보면 이어서 읽고 싶은 책이 생겼다. 한두 권만 읽어도 그랬다. 책에서 책을 소개하거나 인용하기도 했으며 아예 다른 책을 소재로 삼기도 했기 때문이다. 소개된 책에 흥미가 동하면 꼬리에 꼬리를 물듯 읽을 책이 생겼다. 그러나 안타깝게도 꼬리는 끊어졌다. 영어공부에 집중하겠다며 출퇴근길에 독서 대신 영어 팟캐스트를 들으면서부터 영어공부도 안 하고 책도 안 읽는 시간이 반복됐다. 그러다가 이직을 했다. 옮긴 회사에는 도서비를 무제한 지원하는 제도가 있었다. 그게 내게 어떤 의미인지 처음에는 몰랐다. 과제를 해야 하거나, 이미 읽었는데 너무 좋아서 또 읽고 싶거나, 보고 싶은데 도무지 대출 순서가 돌아오지 않는 책들만 가끔 샀다. 내게 '책은 빌려 읽는 것'이었다. 대출기간 2주를 원동력 삼아 책을 읽어 버릇해서 언제든 읽을 수 있는 책은 우선순위에서 밀렸던 것 같다.

지난 한 해, 태어나서 가장 많은 책을 샀다. 100여 권. 한 달 평균 열 권 남짓 사는 데 10~15만 원의 돈이 들었다. 회사에서 지원해주는데도 '지난달 산 책을 아직 다 읽지도 못했는데 또 사도 될까?' 하는 죄책감에 처음에는 서점 가기를 미룰 때도 있었다. 서점에 가서도 책을 쉽게 고르지 못했다. 회사 돈도 귀하고 그걸 읽는 내 시간도 귀하니까. 내 책이지만 빌려 읽는 책처럼 다뤘다. 종이 끝을 접거나 밑줄 긋기는커녕 책장을 활짝 펼치지도 않았다. 못했다는 것이 옳겠다. (저까짓 게 감히 읽지도 못할 책을 사도 될까요? 책을 마음대로 다뤄도 될까요?)

활짝 펼치지 않은 채로 책을 읽는 습관은 여전하지만, 얼마 전 처음으로 종이 끝을 접었다. 앞으로도 '내 책'을 읽는 소중한 경험들이 더욱 쌓일 것이다. 이제야 조금 '책값 무제한 지원'이 나에게 어떤 의미인지 알 것 같다. 이 지원 덕분에 나는 책 읽는 분위기, 책 권하는 분위기에 산다. 회사 사람과도 매일 책 이야기를 한다. 옆 동료의 책상 위에 올려진 책에 힌트를 얻고, 다른 부서 동료가 SNS에 올린 책 사진에 영감을 받는다. 어떠어떠해서 좋았다는 책 추천도 끊이지 않는다.

어느덧 내 침대 머리맡과 탁자 위, 가방 속에 그들이 추천한 책들이 놓여 있다. 나는 책값 무제한 지원 이전으로 돌아갈 수 없을 것이다. 책 사는 재미와 그걸 읽는 재미를 알아버렸으니까.

오늘도 걷는다마는

자주 보는 웹 매거진 <아이즈(ize)>에서 '걷기 게임 앱'을 추천했다. 자꾸만 게을러지는 내 걷기 생활에 동기를 심어주고자 앱을 설치했다. 워커(walkr)였다. 다시 찾아보니 아이즈는 워커를 분명 '만보계 겸 게임 어플리케이션'이라고 소개했으나, 내게는 '만보계'만 크게 보였던 모양이다. 만보계 '겸' 게임 어플리게이션이라는 정의는 내 머릿속에서 '걷기 게임'으로 정보 처리되었고, 그렇게 나는 '워커'가 되었다.

"그거 뭐야?"

게임 화면이 켜진 휴대전화를 만지작대고 있으면 친구들이 물었다. 나는 대답했다.

"걷기 게임이래서 많이 걸으려고 다운 받았는데 안 걸어도 할 수 있더라고.”

워커는 말하자면 우주를 키우는 게임이다. 행성을 찾고, 행성에서 자원을 수확하며, 행성에 거주하는 생명체를 늘리는 게 주 활동이다. 내 걸음 수만큼 충전된 에너지는 활동을 촉진하는 용도로 사용된다. 걸음 수가 게임에서 사용하는 에너지가 된다는 건 워커를 수많은 시뮬레이션 게임과 구분 짓는 특징이지만, 그 이름에도 불구하고 걷지 않아도 무리 없이 게임을 할 수 있다. 앱을 설치하고 얼마 지나지 않아 이 게임의 핵심이 걷기가 아니라는 걸 눈치챘다. 그 때문이었을까? 비슷하게 워커를 시작했던 몇 안 되는 친구들은 금세 흥미를 잃고 우주를 떠났다.

나를 붙잡은 건 그래픽이었다. 행성이 귀여웠다. 행성마다 다른 생명체가 살고 그 행성만의 자원을 생산해내는데, 깨알 같은 그래픽이 귀여움을 더했다. 게임 속 친구들과 에너지를 교환하고 함께 미션을 달성하는 활동도 있지만, 다음에 찾게 될 행성 그래픽이 궁금해서 앱을 열곤 했다.

그 다음은 습관이었다. 한 달이 지나고, 100일이 지나고, 어느새 1년을 지나 “그 게임 아직도 해?”라는 질문을 여러 번 받으면서도 나는 여전히 아침저녁으로 앱을 열었다. 한 행성을 7단계까지 업그레이드 해야 그 행성의 자연경관이 완성된다는 것, 행성마다 최고효율을 내는 위성이 정해져 있다는 것도 긴 시간이 흘러 깨달았다. 행성과 위성의 조합이나, 에너지를 빠르게 얻는 방법 같은 팁을 공유하며 전략적으로 게임하는 사람이 많다는 것도 나중에야 알았다.

남은 것은 오기였다. 아니면 끈기랄까. 워커의 우주에서 찾을 수 있는 행성은 100개가 넘는다. 행성을 발견할 때마다 워커덱스 빈칸이 채워진다. 처음엔 몇 시간이면 다음 행성을 발견할 수 있었는데 행성 찾기를 거듭할수록 그 시간이 계속 늘었다. 빈칸이 너무 많았던 초반에는, 내가 이걸 다 찾을 때까지 게임을 하고 있을 거라는 생각조차 하지 않았다. 하지만 워커를 시작하고 1년쯤 되자 제법 많은 칸이 채워졌다.

무과금으로. 오로지 노가다로. 나의 오기로.

100여 개의 행성과 DFR이라고 불리는 식량생산기 40여 개에서 자원을 수확 후, 재생산을 하기 위해 식량을 공급하는 데 점점 많은 시간이 들었다. 아무 생각 없이 버튼을 누르고 있다가도 '대체 이걸 왜 하고 있는 거지?' 하는 의문이 불쑥불쑥 찾아왔다. '이 시간에 책을 한 장 더 읽는 게 훨씬 유익할 거 같은데?' 하지만 어느새 나는 모든 행성을 다 찾는 날을 기다리고 있었다. 이유는 모르겠다. 그냥 갖고 싶었다. 꽉 찬 워커덱스, 모두 완료된 미션. 그건 마치 늙은 거지가 소망하던 은전 한 닢 같았다.

그리고 마침내 모든 행성을 발견했다. (이렇게 말하니까 우주 탐험가라도 된 기분이다.) 첫 행성을 발견한 지 20개월 만이었다. 나는 글쓰기 소재가 완성되었다며 좋아했다.

나는 시작을 곧잘 한다. 꾸준히 하는 것도 제법 한다. 다만 그만둘 줄을 모른다. (아직 싸이월드를 '하는' 사람이라면 설명이 좀 될까?) 그저 끝까지 가보고 싶은 마음 때문이 아닐까 짐작한다.

모든 행성을 발견했지만 걷기는 끝나지 않았다. 게임사가 부지런히 업데이트하며 내가 찾아야 하는 행성의 수를 자꾸 늘리기도 했지만 내 걸음으로 키운 우주가 특별해졌기 때문이다. 매일 게임 앱을 연다. 많이 걸은 날은 뿌듯해하고 적게 걸은 날은 반성하면서 오늘도 걷는다.

탈색 하면 기분이 조크든요

사는 게 무료해서 뭐라도 해보고 싶을 때 머리 모양을 바꾸곤 했다. 그런데 어느 날부터 컷이나 펌으로는 기분이 새로워지지 않았다. 문득 탈색이 떠올랐다. '살면서 금발 머리도 한번은 해봐야지.' 하고 생각해왔기에 곧바로 실행에 옮겼다…는 건 거짓말이고 우선 팀장님에게 물어봤다.

"저 금발 머리 해도 돼요?"

왜 팀장님한테 물어봤느냐면 뭔가 하면 안될 거 같은 느낌적인 느낌 때문이었다. 광고회사의 기획자로 일하고 있었는데 보수적인 회사들이 주된 고객사였다. 평소에는 청바지며 티셔츠를 입고 싶은 대로 입었지만 고객사의 임원들을 만날 때면 좀 격식 있는 옷을 챙겨 입어야 했다. 팀장님들 중에는 갑작스런 광고주 미팅을 대비해 재킷이나 구두를 회사에 가져다두는 분들도 있었다. 미팅인 걸 잊고 큰 후드점퍼를 입고 온 동료와 옷을 바꿔 입는 일도 가끔 일어났다.

그런데 금발이라니….

"안 돼."

팀장님이 대답했다.

"투톤도 안 돼요? 미팅 있을 때는 탈색 머리를 묶어서 숨길게요. 티 안 나게."

나는 한번 매달려봤다.

"안 돼…."

팀장님의 대답은 단호했던가, 곤란했던가.

팀장님의 반대에 밀려 탈색을 포기했다기보다는 그 정도로까지 탈색을 하고 싶다는 생각이 들지 않아 마음을 접었다. 애초에 팀장님에게 물어보기도 전에 '탈색은 무슨 탈색이야.'라고 생각했다. 내가 다음 날 금발머리로 나타난다 해도 막을 수 있는 사람도 없고, 광고주가 내 머리색을 문제 삼을 가능성도 희박했지만 하지 말아야 할, 아니 안 해도 되는 이유를 찾느라 애먼 팀장님만 괴롭힌 것이다.

'살면서 금발 머리도 한번은 해봐야지.'라는 생각은 진심이었지만 '아직은 아니야.' 하며 미뤘다. 돌이켜보니 '안 어울리면 어쩌지? 내 머리색 때문에 광고주가 편견을 가지면 어쩌지? 그게 내 일을 평가하는 데 영향을 미치면 어쩌지?' 하는 걱정도 섞여 있었던 것 같다.

사람들에게 내가 어떻게 보일지 신경 쓰느라 탈색의 선을 넘지 못했다.

견물생심. 이 말을 이런 경우에도 쓸 수 있을지 모르겠지만, 그사이 탈색한 사람들이 흔하게 눈에 띄었다. 탈색 머리를 한 회사 동료들도 자주 발견되었다. 눈에 보이자 또다시 뽐뿌가 왔다.

'나도 나도! 나도 원래 탈색 하고 싶었어!'

뽐뿌는 파도처럼 밀려왔다 다시 밀려나갔다. '머릿결이 많이 상한다던데, 두피도 약한데, 안 어울릴 수도 있는데, 원상복구 하려면 최소 1년인데…' 하는 걱정이 남아 있었다. 그저 머리 모양 한 번 바꾸는 걸로 감당해야 할 것들이 너무 많았다.

결심은 이상한 지점에서 섰다. 연말이 되니 그 해를 넘기면 탈색을 못할 것 같은 조바심이 생겼고, 마침내 그 마음이 다른 걱정을 이겼다. 사람들에게 내가 어떻게 보일지 신경 쓰지 않게 된 것이 아니었다. 지금 안 어울리는 것이 나중에 들을 '나이에 안 맞게' 소리보다 더 나아서였다. 제법 길어진 머리카락도 결정을 도왔다. 투톤으로 아래쪽만 탈색하고, 상한 부분은 잘라버리면 그만이라는 생각이 들어 그길로 예약 전화를 걸었다.

막상 탈색을 하고 나니 기분이 좋았다. 거울 앞에 설 때마다 뿌듯했다. 엘리베이터에서, 화장실에서, 지하철 차창에 모습이 비칠 때도 그랬다. 네일샵을 다녀온 뒤 깨끗하게 정리된 손톱을 볼 때와 비슷했다. 손톱이야 눈여겨보지 않으면 놓치기 십상이지만 머리카락은 달랐다. 잘 보였다. 머리색 하나 바꾼 걸로 기분전환이 되다니 수지맞았다!

머리색을 바꾸니 만나는 사람들마다 알은체를 했다. 그저 머리카락 절반이 좀 밝아졌을 뿐인데 오랜만에 만난 사람처럼 눈을 동그랗게 뜨고 다가왔다. 이야깃거리가 별로 없었던 사람들까지 한마디씩 인사를 건넸다. 새롭게 만나는 사람들도 내 머리에 호기심을 보였다. 탈색하는 사람들이 많아졌어도 회사에 몸담은 30대가 탈색하는 일은 그리 흔하지는 않은 모양이었다. 한 번도 대화해본 적 없는 사람들과 머리색을 소재로 말을 트게 될 줄은 몰랐다. 그렇게 눈에 띄나? 평생을 심심하게 생긴 얼굴, 한 번 보고 곧 잊힐 얼굴로 살아서인지 그 반응이 흥미로웠다.

모든 걸 떠나 재미있었다. 내 원래 머리색, 모발 상태, 염색할 때 배합한 색깔들, 사용하는 샴푸 등등에 영향을 받아

예상하지 못한 색으로 변하는 머리를 볼 때마다 "우와, 탈색 꿀잼이다!" 하고 혼잣말을 했다. 진한 퍼플은 빨강을 거쳐 핑크로 변했고, 진한 파랑은 카키빛이 도는 하늘색이 되었다. 햇빛의 유무, 옷 색깔에 따라 달라지는 느낌도 즐거움을 선사했다.

의외의 실용성도 사랑스러웠다. 이전까지 내게 탈색은 살면서 한번쯤 해볼 만한 일탈정도였다. 그런데 직접 해보니 탈색은 매우 쓸모 있었다. 맹맹한 얼굴에 찍어 바른 붉은 틴트 같달까, 작은 반사판 같달까. 메이크업이나 조명처럼 내 얼굴을 화사하게 만들어주는데 지워지거나 떨어지지도 않았다.

탈색은 생각보다 별일이 아니었다. 가장 마음에 드는 부분이다. 바뀐 머리색에 바로 반응한 사람도 많았지만 한참 지나서야 "어머? 언제 머리 색깔 바꿨어요?" 하고 묻는 사람도 많았다. 바로 반응한 사람이라고 해도 볼 때마다 내 머리색을 화제에 올리지는 않았다. 내가 탈색을 하든 삭발을 하든 자주 보는 사람들은 금세 익숙해졌고, 모르는 사람들은 원래 그런가 보다 하고 넘겼다. 탈색을 했고, 그게 다였다.

일찌감치 탈색을 소재로 글을 쓰겠다고 마음먹었다. 탈색한 머리로 기분이 좋아질 때마다 어서 글을 쓰고 싶었다. 흐린 하늘색에서 금색으로 물이 빠지는 머리를 보고 지금이 글을 쓸 때임을 알았다. 글을 썼으니 조만간 탈색 부분을 다 잘

라낼 것이다. 머리 기르기를 지겨워하지 않지만 오래 길러온 머리도 싹둑 잘라내는 내가 좋다. 이제 탈색도 겁내지 않아서 더 좋다. 히히히. 기분이가 좋다.

완벽한 하지를 보내는 여섯 가지 방법

몇 년 전부터 하지(夏至)를 기념하고 있다. 보통 양력으로 6월 22일인 하지는 24절기의 하나로 낮이 가장 긴 날이다.

하지를 기념하기 시작한 첫 해에는 퇴근 후 회사 앞 식당에서 칭따오 맥주를 마셨다. 해가 떠 있을 때 술을 마시니 마치 낮술을 마시는 기분이었다. 근무 중 음주로 일탈하는 것 같았다. 두 번째 해에는 지난 하지때의 색달랐던 느낌이 생각나 회사 동료들에게 "오늘 하지니까 꼭 해 떠 있을 때 맥주를 마시자."고 권했다. 하지만 야근을 했다. 열한 시에 겨우 일을 마쳤는데 기어코 동료들과 술을 마셨다. 태양의 기운이 아직 남아서였을까. 늦은 시간이었는데도 피곤하지 않았다. 세 번째 해에는 더 멋지게 하지를 보내기로 작정을 했다. 며칠 전부터 적당한 사람, 장소, 시간을 물색했다. '하지를 쇠자.'는 나의 제안을 기꺼이 받아준 친구와 남산이 보이는 후암동 루프탑에서 약속을 잡았다. 약속 시간은 일곱 시. 우리는 남산을 등지고 저 멀리 떨어지는 해를 바라보며 '크로낭부르 1664 블랑'을 마셨다. 캬아.

그렇다면 다음 하지는 어떻게 보낼까. 이 좋은 하지를 나만 특별히 보내는 것이 아까워 완벽한 하지를 보내기 위한 노하우를 공개한다. 아침에 출근해 초저녁에 퇴근하는 평범한 서울의 직장인들을 기준으로 쓰여진 점은 양해 바란다.

첫째, 하지를 좋아해야 한다. 하지를 싫어하면서 완벽하게 보내기는 어려운 법. 어제까지 아무 날도 아니었지만 오늘부터 하지를 좋아해보자. 사실 나는 하지에 앞서 24절기를 모두 좋아한다. 먼 옛날 하늘과 해와 바람을 가만히 보고 있다가 '아! 이 즈음에는 겨울잠 자던 개구리가 깨어나는구나!' '1년 중에 낮이 제일 긴 날은 이날이구나!' 하고 발견했을 누군가가 고맙고도 귀여워서 그렇다. '차갑게 얼었던 땅이 녹는다'고 해도 될 텐데 '겨울잠을 자던 개구리가 깬다'고 하다니…. 24절기(특히 경칩)의 이름을 붙인 사람은 분명 시인이었을 거다.

뜻풀이가 경칩만큼 시적이진 않지만 하지가 좋은 이유

는 역시 낮이 가장 길기 때문이다. 돌이켜보니 어린 시절부터 하지를 좋아했는데 해가 질 때까지 밖에서 실컷 놀 수 있어서 그랬던 것 같다. 어른이 되어서도 다르지 않다. 퇴근하고도 한참 동안 해가 떠 있으면 역시 조퇴한 기분, 낮술 먹는 기분, 일탈의 기분이 든다.

둘째, 출근을 해야 한다. 일탈을 만끽하려면 우선 일상이 있어야 한다. 언제고 낮술을 먹을 수 있는 형편이라면 하지라고 특별히 신나기 힘들다. 물론 휴가를 쓰거나 오후 반차를 쓰고 여유롭게 하지를 맞이할 수도 있다. 하지만 출근과 업무로 일상을 꽉 채우고도 해를 보며 퇴근할 때의 쾌감을 느끼려면 출근이 필수다.

셋째, 정시퇴근을 해야 한다. 누군가에게는 무엇보다 어려운 일일 수 있다. 하지만 하지의 정점은 해가 지기 전에 있다. 해가 진 뒤의 하지란 타종이 끝난 뒤의 보신각, 해가 뜨고 난 뒤의 정동진이다. 정시퇴근을 위해서라면 전날 야근도 불사하자. 팀원들의 협조는 미리 구하자. 팀원들의 공감을 얻으려면 6월이 시작되면서부터 하지의 중요성을 강조하는 것이 좋다. 다음은 인스타그램에 먼저 흘리면 좋은 문구이다. 해질녘 사진과 함께 게재하면 더욱 효과적이다.

"사막이 아름다운 이유는 어딘가에 오아시스가 있기 때문이고, 6월이 아름다운 이유는 하지를 품고 있기 때문이지."

"낮에 퇴근할 수 있는 유일한 달은 하지가 있는 6월뿐."

넷째, 남산에 가자. 추석에 고궁에 가고 크리스마스에 명동에 가듯, 하지에는 남산에 가자. 뭐, 반드시 남산일 필요는 없고, 해가 지는 모습과 초여름 저녁의 선선한 공기를 누릴 수 있는 장소라면 어디든 좋다. 그곳이 내게는 남산을 등진 후암동 일대다. 루프탑 또는 테라스는 필수다. 5월의 밤은 아직 춥다. 7월의 밤은 모기가, 8월의 밤은 더위가 괴롭힌다. 루프탑과 테라스를 즐기기에 가장 좋은 때는 6월, 그것도 하지임을 마음에 아로새길 것.

다섯째, 맥주를 마시자. 자고로 명절이라면 꼭 먹어야 하는 음식이 있다. 설에는 떡국, 추석엔 송편, 하지엔 맥주다. 하지에 술을 마시는 이유는 앞서 밝힌 것처럼 낮술이 주는 일탈의 기분을 만끽하기 위해서다. 소주나 와인이 아니라 맥주인 이유는 맥주의 주 원료인 보리의 추수가 하지쯤에 이루어지기 때문이다. 옛부터 첫 추수한 보리로 맥주를 만들어 하지에 마셔왔다…는 것은 거짓말이고 내가 맥주를 좋아해서 그렇다.

여섯째, 일탈이 필요한 친구를 물색해 권해보자. 작년에 갔던 남산 아래 루프탑이 좋아서 올해 또 가려고 보니, 해가 떨어지기 전에 그곳에 도착할 수 있는 사람이 매우 적었다. 게다가 아직 해가 떠 있을 때 그곳에 도착하려는 나의 마음을 십분 공감하는 사람은 더욱 드물었다. 다행히 서울역 근처에서 일하는 친구들 몇 명이 있었고 나의 제안에 기꺼이 응해주었지만, 하지를 같이 보낼 친구를 찾기가 여의치 않은 사람도 분명 많을 것이다. 그럴 때는 일탈이 필요한 친구에게 하지를 권해보자. 왜 하필 하지여야 하냐는 질문이 나온다면 다음 설명을 참고 바란다.

하지는 서양 기념일 발렌타인데이나 상술로 만들어진 빼빼로데이처럼 남들이 다 해서 떠밀려 기념하는 날이 아니다. 나의 의지로 나만의 기념일이 되는데 그날의 정통성이 무려 기원전으로 거슬러 올라가는 마법을 경험할 수 있다. 게다가 하지를 쇠기 시작하면서부터 6월만 되면 설렌다. 나와 별 상관없던 호국보훈의 달 6월을 가장 좋아하게 만든 건 순전히 하지다. 하지, 정말 사랑하지! 설레는 마음으로 다음 하지를 기다린다.

필라테스, 지루하지 않아?

에너지를 발산하는 운동을 좋아한다. 수영, 달리기를 즐겨 했고, 요가와 필라테스는 나와는 거리가 먼 운동이었다. 몇 년 전, 7킬로미터를 뛰고 나서 극심해진 발바닥과 허리 통증은 내 생활 전반을 흔들었다. 허리 좀 아파봤다는 많은 사람들이 필라테스를 권했다. 생각만 해도 지루했지만 살기 위해서 필라테스를 시작하기로 했다.

처음 배운 것은 숨쉬기였다. 숨쉬기를 배우다니… 내가 지금까지 쉬어온 것은 숨이 아니란 말인가? 그 다음 배운 것은 서기였다. 선생님이 말했다.

"머리를 천장으로 뽑아내세요. 키 커지게. 뒤꿈치로 바닥을 꾸욱 누르세요. 발가락은 힘 빼요. 배를 가슴 쪽으로 당기세요. 앞 허벅지는 힘 빼고 배랑 멀어지게 만드세요. 어어, 정강이에 힘 들어간다… 엉덩이 힘 푸세요. 햄스트링 쓰세요. 바깥쪽으로 돌려서 모으세요. 무릎 뒤로 밀지 마세요. 등 내리세요. 어깨 찢으세요. 날개뼈 모으면 안 돼요! 가슴! 숨, 후~!"

필라테스를 시작하고 내가 만난 건, 언어와 몸의 신세계였다. 분명 아는 말인데 알아들을 수 없었고, 간혹 알아들어도 그대로 해낼 수 없었다. 머리를 뽑으면 죽는 것이 아닌지, 성장이 멈췄는데 키가 어떻게 더 커질 수 있는지, 이미 바닥을 딛고 선 내 발이 어떻게 바닥을 더 누를 수 있는지, 정강이에 힘 준 적이 없는데 어떻게 힘을 빼는지, 엉덩이는 두루마리 휴지가 아닌데 어떻게 푸는지, 어깨는 종이가 아닌데 대체 어떻게 찢는지…. 내가 이 말들을 이해하는 날이 오긴 올까?

필라테스 용어만큼이나 내 몸이 한없이 낯설었다. 내 몸을 참 몰랐구나.

하지만 어쨌든 살아야 했고, 벌써 결제는 끝이 났다. 딱히 그만둘 이유가 없었으므로 일주일에 두 번씩 낯선 언어와 몸

머리를 천장으로 뽑아 내세요!
숨 후~!
어깨 젖어요!
가슴!
엉덩이 힘 푸세요!

의 세계로 들어갔다. 어떻게 이해했는지 모르겠지만 말 한마디 한마디가 조금씩 몸으로 옮겨왔다. 나는 어느새 천장을 향해 머리를 뽑아내고, 키를 키우고, 발바닥으로 바닥을 누르고 정강이와 엉덩이에 힘을 빼고, 허벅지를 외회전시키는 걸 동시에 해냈다. 허리 통증의 빈도와 정도가 줄어들었고, 몸에 탄력이 붙은 것도 같다.

7개월이 지났다. 여전히 에너지를 발산하는 운동을 좋아하지만 이제는 필라테스도 좋아한다. 조금 더딜지라도 꾸준히 내 몸을 이해해나가고 싶다.

김밥의 미래

한 해 동안 일주일에 적어도 한 번, 많으면 서너 번 김밥을 먹었다. 퇴근 후 집에 돌아오면 밥을 해 먹기엔 너무 늦었기 때문이다. 식당에 들어가 무얼 먹기에도 부담스러운 시간이 많았다. 하지만 대충 때우기는 싫었다. 그럴 때 김밥보다 좋은 음식이 없었다. 간단하지만 갖춰진, 구하기 쉽고 가격도 저렴하지만 든든하고 심지어 맛있는 김밥. 자주 먹어도 물리지 않는 너란 김밥. 누구였을까, 맨 처음 김으로 밥과 갖가지 재료들을 함께 싸 먹을 줄 알았던 그는? 김밥을 자주 먹고 있다는 걸 인식한 그날, 김밥이 나의 '올해의 음식'으로 선정될 것임을 직감했다.

김밥은 웬만하면 실패가 적다. (불행히도 편의점 김밥은 늘 실패하지만.) 어느 김밥 집이든 그 맛이 중간은 한다. 반대로 말하면, 특별히 맛있는 집을 찾기도 힘들다. 비슷비슷한 재료로 남들과 구분되는 맛을 내기란 쉽지 않기 때문이다. 좋은 재료를 쓰면 맛이야 더 좋아지겠지만 김밥에는 기대 가격이 있다. 프리미엄을 표방한 몇몇 브랜드가 있긴 하지만 여전히 '고급'과 '김밥'은 거리가 멀다.

하지만 김밥은 김과 밥을 포함해 재료가 적어도 다섯 가지 이상 들어가는, 마냥 저렴할 수만은 없는 음식이다. 그런데도 짜장면이 5천 원을 넘어 6~7천 원이 되기까지 여전히 평균 3천 원을 넘지 않는 음식으로 남아 있다. 어떻게 그럴 수 있을까? 심지어 김밥을 만든다는 의미의 동사까지 '싸다'다. (소오름)

김밥이 올해의 음식으로 선정되기까지 곡절이 좀 있었다. 사실 김밥은 내가 싫어하는 음식이었다. 여섯 살쯤 김밥을 먹고 멀미를 심하게 해서 트라우마가 생겼다. 그 뒤로 처음 몇 년은 입에도 대지 않았다. 하지만 너무 흔한 음식이라 먹을 기회는 늘 널려 있었다. 간혹 한두 개씩 먹을 때도 있었지만 소풍에는 가져가지 않았다. 지금은 모르겠지만 그때는 열이면 열 모두 소풍에 김밥을 가져오던 시절이라 불우한(?) 친구로 오해 받기도 했다.

평소 친구들이 싸 온 김밥을 먹기도 했는데 이상하게도 소풍 김밥만은 먹을 수 없었는데, 오랫동안 정확한 이유를 몰랐다. 그러다 원인이 김밥용 햄, 그것도 뜨끈한 전세버스에서 두세 시간쯤 삭은 햄 냄새였다는 걸 뒤늦게 알았다. 그 사실을 깨닫고 고등학교 2학년 소풍에 처음으로 김밥 도시락을 가져갔다. 햄 대신 양념 소고기와 개운한 깻잎을 넣은 김밥이었다. 그날 엄마는 여느 때보다도 더 정성 들여 김밥을 쌌다. 속 재료만 일고여덟 가지가 넘는 꽉 찬 김밥이었다. 그렇게 트라우마를 극복하기까지 꼬박 10년이 걸렸다.

그 뒤로 가끔 김밥을 못 먹던 시절이 떠올랐을 뿐, 별 생각 없이 십 몇 년을 살았다. 그러다 몇 년 전부터 김밥을 자주 먹기 시작하며 취향이 확고히 섰다. 쉬운 길은 아니었다. 이왕 먹는 김밥 좀 맛있는 걸 먹어볼까 싶어서 보이는 김밥 집마다 모두 들어가 맛을 봤다. 그러다 '연희김밥'을 만났고, 회사 근처 '김가네'의 제육김밥을 발견했으며, '김말자'의 꼬마김밥과 조우했다. 그리고 밝혀진 나의 취향. 소시지나 햄이 들어간 김밥은 싫어하고, 대신 주 재료에 간이 좀 배어 있는 걸 좋아한다. 연희김밥에는 햄을 넣은 메뉴가 아예 없고(장조림김밥과 꼬마오징어김밥을 드세요, 여러분. 꼭 드세요. 두 번 드세요.), 김가네의 제육김밥은 제육이 햄을 대신하며, 김말자의 꼬마김밥 속도 낙지젓, 진미채, 멸치, 불닭 등이다.

여전히 김밥을 자주 먹다가 올해의 음식으로까지 지정하게 되었으니 앞으로 더 맛있는 김밥이 없나 열심히 찾아봐야 할 것 같은 기분마저 든다.

내가 어릴 적만 해도 김밥은 소풍 때나 먹을 수 있던 별식이었다. (이런 말을 하니 엄청 옛날 사람 같다.) 언제든 싸게 먹을 수 있는 흔한 음식이 되었다가 요사이 다시 별별 재료가 다 들어가는 별식으로 돌아온 것을 보니, 김밥의 미래가 사뭇 궁금해진다.

김밥을 싫어하다가 다시 먹게 되고, 올해의 음식으로 지정하기까지 근 30년이 걸렸다. 이제 내 취향의 발견을 넘어 김밥에게 뭐라도 되고 싶은 지경이 되었다. 참 오래 살고 볼 일이다.

덧붙여, 꼭 소개하고 싶은 김밥들.

✔ 망원동 보물섬 김밥의 '김치김밥': 식당 김치, 특히나 저렴한 식당의 김치를 믿지 않는다. 김밥보다 더 흔하지만 구색이나 맞출 뿐, 김치가 주 재료인 음식에서조차 중국산 김치를 쓰는 일도 잦으니까. 그런데 보물섬 김밥은 달랐다. 나는 지금까지 이런 맛의 '김치'김밥을 먹어본 일이 없었다. 김치김밥 덕분에 '보물섬 김밥'은 내 인생의 김밥집으로 각인되었다. 지금은 김치김밥이

메뉴에서 없어졌지만(수고에 비해 찾는 사람이 적었다고 한다.) 다행히 보물섬 김밥의 모든 김밥은 훌륭하다.

✔ 종로김밥 숙대점의 '마요네즈 참치김밥': 숙대생들은 누구도 "마요네즈 참치김밥 주세요."라고 하지 않는다. 대신 이렇게 말한다. "마참 주세요." (아직도 그런지는 확인을 못해봤다.) 그냥 "참치김밥 주세요."라고 하면 안 된다. 이곳의 마참은 그냥 참치와 엄연히 구별된 존재다. 요즘도 가끔 친구들과 마참과 라기(라볶이)를 먹기 위해 숙대 앞으로 찾아간다. 프랜차이즈라고 해서 똑같은 맛이 날 거라고 생각하면 안 된다는 사실을 이곳에서 배웠다.

어느 날, 맥심이 사라졌다

그 자리를 메운 것은 '카누'였다. 총무팀이 직원들을 위해 각층 휴게 공간에 구비해놓은 커피가 맥심 커피믹스에서 카누로 바뀐 것이다. 공지는 없었다. 처음엔 설마 맥심이 없어졌을 리 없다며 싱크대 이곳저곳을 열어보았다. 그러고는 한 발짝 떨어져서 원래 맥심이 놓였던 선반을 찬찬히 훑어보았다. 카누가 놓인 옆으로 원두와 커피 그라인더와 드리퍼, 캡슐커피 머신이 나란히 놓여 있었다. 없는 것은 오로지 맥심뿐이었다.

그제야 이 회사에서 맥심의 시대가 끝났음을 알았다.

엉겁결에 달큰쌉쌀한 나의 아침 루틴이 위협을 받았다. 나는 입맛을 다시며 자리로 돌아왔다.

"맥심이 없어졌어요."

"맥심? 그랬나?"

동료들의 대답은 심드렁했다. 마치 거기 맥심이 있었는지도 몰랐단 듯이. 공지도 없이 맥심이 퇴장한 이유가 좀 더 명확해졌다. 나 같은 맥심파가 없었겠지.

출근 후 맥심 한 잔과 하루를 시작해왔다. 카페에서 아메리카노를 마시는 날도, 카페라떼를 마시는 날도 흔했지만 아침 커피의 초기 설정값은 오랫동안 맥심이었다. 습관은 어학연수 때도 이어졌다. 한인마트에서 공수한 맥심을 매일 아침 마셨다. 교실에 퍼지는 맥심 향기에 무려 커피의 나라 콜롬비아와 브라질에서 온 친구들이 반하기도 했다. 나는 일부러 맥심을 두세 봉씩 들고 다니며 맥심을 궁금해하는 친구에게 나누어 주었다. "한국 사람들이 가장 좋아하는 커피인데 어때? 맛있지?"

그런데 이제 맥심 커피믹스를 '한국 사람들이 좋아하는 커피'로 부를 수 있을까?

문득 카누의 광고 파트너로 오래 일했던 전 회사 상사의 말이 떠올랐다. 어느 세대부터는(그러니까 아마 Z세대쯤 되려나?) 커피의 기본값이 자판기 커피도 아니고 캔커피도 아닌, 원두커피일 거라고. 그때는 '오오, 그럴 수도 있겠네' 하고 지나갔지만, 지금은 눈앞에 세대가 사람의 형상을 하고 바통터치 하는 걸 목격한 듯 기분이 이상했다. 이러다 커피믹스도 요즘 아이들은 모르는 아득히 먼 문명의 도구가 되려나? 디스켓이나 수화기처럼? 버려진 싸이월드처럼?

내 몸의 반은 맥심 커피믹스로 이루어졌다고 말하던 친구에게 메시지를 보냈다.

회사 휴게실에 맥심이 없어지고 카누가 생겼어.
이제 나랑 너 말고 맥심 먹는 사람은 없나 봐.

섭섭하네. 커피에 카제인나트륨이 좀 들어가줘야
맛있는데. 나한테 한 박스 있는데 보내줄게. 병원에
서 당 조절 하라고 해서 못 먹어.

아, 회사 휴게실엔 맥심이 없고, 맥심 팬에겐 당 조절이 필요한 시절이 도래했구나!

매일 아침 휴게실에서 맥심 봉투를 스틱 삼아 커피를 휘휘 젓고 있으면 (환경호르몬이 좀 들어가야 맛이 좋다.) 가끔 지나던 동료들이 말을 걸곤 한다.

"어? 맥심 드시네요?"

"맥심 좋아하나 봐! 자주 먹네?"

맥심을 마시면 눈에 띄게 된 걸까 봐 조금 움찔했다. 스마트폰 시대에 아직 2G 폰을 쓰는 사람처럼 보이려나? 아니면 커피 맛을 잘 모르는 사람처럼 보이려나?

"제가 커피라면 믹스부터 캡슐, 에스프레소 머신, 드립 커피까지 가리지 않고 좋아하는데요. 회사라는 데를 다니면서부터 출근하고 맥심을 한 잔 먹는 습관이 생겨서 이걸 먹어야 일이 시작되는 거 같달까요? 점심까지 든든한 느낌이기도 하고…"라고 설명하는 나를 상상했다.

설명할 필요 없는 취향은 얼마나 편한가. 나는 지나간 취향, 소수의 취향을 갖기 싫었다. 그래서 맥심이 좋은 게 아니라 커피가 좋은 거라고 말하고 싶었다. 지나간 것은 잘 보내고 새로운 것은 먼저 받아들이는 요즘 사람이면서, 동시에 경험이 쌓이고 안목이 늘어 더 고급 진 취향을 갖게 된 어른이고 싶었다.

그런데 맥심을 마시는 데 이유가 꼭 필요한가. 그냥 내 입에 맛있으면 장땡이지. 휴게실에서 맥심이 사라진 일은 나름 충격이었지만 덕분에 커피 취향을 돌아보고, 맥심에 대한 애정을 깨달을 수 있어 좋았다. '맥심=커피믹스'라는 공식이 더 이상 성립되지 않는 날이 생각보다 빨리 오겠지만 나는 내 취향대로 내일 아침에도 맥심을 마실 것이다.

역시 취향의 시작은 '인정'에서부터.

잘하고 싶은 마음

필라테스를 시작하고 두어 달 때쯤 됐으려나. 선생님의 지시에 따라 동작을 해나가다가 나도 모르게 짜증을 내버렸다. 당황한 선생님이 왜 그러느냐고 물었다.

"잘하고 싶은데 그게 안 돼요."

"필라테스에 국가대표 있는 거 보셨어요? 이 운동은 잘하고 못하고가 없어요."

하지만 나는 조금 분이 났다. 세상에서 필라테스를 가장 잘하는 사람이 되겠다는 생각은 아니지만, 적어도 두어 달 운동한 사람 중에는 빠르게 느는 편에 속하고 싶었다. 필라테스가 기록을 다투는 운동은 아니지만 잘하는지 못하는지는 스스로 알 수 있다. 나는 내가 필라테스 신동이 아니라서, 지금보다 나아지는 때가 보이지 않아 짜증이 났다. 잘하고 싶어서 즐겁지 못했다.

책을 준비하면서도 그랬다. 원고를 마감하는 동안 크고 단단한 여드름이 잔뜩 났다. 염증 주사를 맞으러 갔는데 의사 선생님이 주사를 놓다가 몇 대 놨는지 잊어버릴 만큼 잔뜩이었다. 몇몇 꼭지의 원고는 몇 주를 붙잡고 있어도 속도가 안 났다. 새벽까지 빈 화면만 띄워 놓은 날도 수두룩했다. 서점 매대에 올라온 책을 상상해 보고, 인세를 받으면 무얼 할지 리스트도 만들어 봤지만, 효과가 없었다. 괴로움만 더해갔다.

여드름도, 써지지 않던 원고도 다 잘하고 싶은 마음 때문이었다.

독자에게 가치 있는 책이 되고 싶었고, 내 책이 출판사의 기대작이었으면 싶었고, 누구보다 최초의 독자인 나를 만족시키고 싶었다. 결국 잘하고 싶은 마음에 붙잡혀 움직이지 못했다.

필라테스에 대한 짜증은 자연스럽게 풀렸다. 선결제한 강습이 남아 있어 그만둘 수 없으니 못하는 채로 그냥 계속했다. 결제한 강습이 끝날 때 즈음 알게 된 프로모션에 혹해 다음 강습을 결제했다. 결제하고 계속 출석하다 보니 못 쓰던 근육을 쓰게 됐고, 안되던 동작도 되기 시작했다. 그러던 사이 언제 짜증을 냈나 싶게 필라테스는 내 일상으로 쏙 들어와 있었다. 선생님 말씀이 맞았다. 필라테스에는 잘하고 못하고가 없다. 그저 계속하고 안 하고가 있을 뿐이었다.

글쓰기의 지난함도 마찬가지였다. 잘 쓰려고 하지 않고 그냥 쓰니 서서히 문제가 풀렸다. 화면 앞에 앉아 '잘하고 싶다'라고 생각하지 않았다. 어느 날은 '짜증 나', '하기 싫어' 같은 아무 말을 써서 화면을 채워 넣기도 했다. 그러다 보면 한두 문장이 턱 하고 걸려들었다. '잘하고 싶은 마음'이 아니라 '그냥 쓰는 손'이 필요했다. 잘하지 못하는 나보다 아무것도 하지 않는 내가 문제였다.

'잘하고 싶은 마음'보다 더 강력한 건 '그냥 하는 마음', '계속하는 마음', '끝까지 하는 마음' 이다. 최고를 찍고 그만두는 게 아니라 좋은 상태를 유지한 채 쭉 가는 것. 그렇게 가는 길이 나를 만들 것이다. 이 책이 내 손에 쥐어지고 나면 괴로웠던 나보다 끝을 본 나를 기억할 것이다. 앞으로도 그냥 하는 마음이 나를 계속하게 할 것이다.

그리고, 「 연애 」

나를 반짝반짝하게 하는 일

「그 남자는 나에게 반하지 않았다」

어느 여름이었다. 여느 때와 다름없이 나의 소개팅은 기억에 남을 에피소드와 함께 끝이 났다. 나는 늘 재미(?)있고 독특한 이야깃거리를 남기며 마무리되는 이런 만남들이 싫지 않았다. 내가 혼자일 수밖에 없는 정당한 이유를 찾은 듯 당당했고, 때로 남자가 아니라 재미난 에피소드를 만나러 가는 것마냥 덤덤했다.

소개팅 100번 한 여자를 주인공으로 한 소설이 있다면, 사람들은 으레 100번의 소개팅 끝에 여자가 사랑에 빠지는 줄거리를 기대하겠지만, 난 100번의 소개팅 끝에 101번째 소개팅을 하게 되는 여자의 이야기를 쓰겠다. 그게 더욱 현실에 가까우니까.

내 소개팅이 남긴 숱한 에피소드 가운데 몇 가지를 소개할까 한다. 사생활 보호를 위하여 등장 인물들의 이름을 포함한 자세한 인적사항은 밝히지 않겠다.

#1 그는 차 문을 열어주었어요. 그를 소개한 친구는 그가 딱 여자 같은 타입을 좋아한다고 말했다. 재잘재잘 밝은 여자를 좋아한다면서. 그래서 여자는 크게 기대하지 않았다. '나를 위해 그를 소개해야지, 어째서 그를 위해 나를 소개한단 말인가!'

그는 여자에게 차 문을 열어주었다. 여자는 깜짝 놀랐다. 처음 받는 대접에 뭔가 특별해진 기분이었다. 아담한 체구에 소년 같은 웃음. 남자는 기대보다 괜찮았다. 하지만 그는 누구에게나 차 문을 열어주는 남자였다. 하긴 여자도 누구에게나 밝은 여자였으니 다를 건 없었다. 그래서 이 만남은 누가 먼저랄 것도 없이 끝났다.

#2 태풍과 함께 나타난 남자. 국토교통부 소속 공무원인 그는 만난 지 5분 만에 태풍 때문에 곧 급히 가봐야 한다고 여자에게 양해를 구했다. 40분 후, 카페라떼 한 잔의 바닥이 드러나자, 그는 다음을 기약하며 여자를 두고 떠났고, 다시 돌아오지 않았다.

#3 존 스타인벡이라 불린 사나이. 어딜 봐도 박사님 타입인 그는 존 스타인벡의《분노의 포도》원서를 들고 나와 여자에게 큰 재미를 선사했다. 그가 여자에게 글을 쓸 영감을 주었기 때문에 여자는 그에게 후한 점수를 주었다. 게다가 그는 요즘 보기 드물다는 끈기 있는 남자였다. 여자는 그 점도 높게 샀다. 하지만 만남은 그렇게 지루할 수가 없었다. 근 석 달간 연락이 이어졌으나, 무더위 아니면 폭우 얘기가 반복되는 상투적인 날씨 문자에 여자도 더 이상 할 말이 없었다. 그의 끈기는 부족한 창의력을 채울 수 없었다.

#4 기회가 된다면 또 봐요. 순박한 영농후계자 같은 얼굴을 한 그는 금융권 종사자였다. 여자는 그래서 알고 지내기에는 나쁘지 않겠다고 생각했다. 만나다 보면 정이 들 수도 있을 것 같았다. 스테이크가 들어간 피자와 파스타를 저녁으로 먹고, 와플에 커피 한 잔을 마신 뒤 헤어지며 남자가 건넨 인사는 다음과 같았다. "기회가 되면 또 봐요." 여자는 이 바닥에서 '기회'라는 단어가 의미하는 바를 잘 알았다. 그런 기회는 생기지 않을 것이다.

#5 그는 여자에게 반하지 않았다. 주선자는 그에 대해 센스 하나는 보장한다고 했다. 그 말은 틀리지 않았다. 드물게

센스 있는 상대였으므로 여자는 조바심이 났다. 그래서 먼저 연락하고 데이트 신청도 했다. 하지만 아무 일도 일어나지 않았다. 여자는 이미 알았다. 동서고금을 막론하고 남자는 관심 있는 여자에게는 먼저 연락한다. 그러나 그는 먼저 연락하지 않았다.

#6 네 미래를 위해 왜 이러면 안 되는지 말해주고 싶었어. 좋은 말로는 '순수하다'고 할 수도 있었다. 자신의 전공, 꿈, 좌절, 부모님과 겪은 갈등까지 털어놓으며 그는 여자가 너무 예뻐서 자기가 무슨 말을 하고 있는지도 모르겠다고 말했다. 그러한 칭찬에도 여자의 맘은 움직이지 않았다. 여자는 첫경험까지 이야기할 기세로 자신을 고스란히 드러내는 그에게 말해주고 싶었다. '얘야, 이러면 안 돼. 우리는 오늘 처음 봤단다.' 하지만 여자는 오지랖을 여미고, 연락을 정중히 씹어 주었다.

#7 물에 물 탄 만남. 여자의 언니의 초등학교 동창의 사촌 동생의 친구(=생판 남)를 소개 받는 자리였다. 그런데 만나고 보니 여자와 남자는 초등학교 동창이었다는 이야기와, 첫 만남에서 삼겹살 4인분을 나눠 먹고, 주선자와 언니의 또 다른 동창의 남편(=생판 남)이 합류해 술을 한잔했다는 이야기가

전부인 그런 만남이었다. 한 줄 요약, 생판 남들과 재미 없는 세 시간.

내 마음에 드는 남자들의 공통점은 하나다. 나에게 반하지 않았다는 것. 나를 마음에 들어하는 남자들의 공통점도 하나다. 내가 싫어하는 타입이라는 것. 이렇게 엇갈리는데 왜 계속 소개팅을 하는 거냐고?

대학 때 어느 교수님이 헤밍웨이를 두고 '쓸 거리를 찾아 전쟁터를 쫓아다니다가 쓸 거리가 떨어져서 자살한 게 아닌가 싶을 정도'의 인물이라고 이야기한 적이 있다. 나 또한 헤밍웨이랑 조금 비슷한 구석이 있는 것 같다. 나도 재미난 이야깃거리를 찾아 소개팅을 하는 거 같다. 하지만 소개팅이 끊겨도 죽지는 않을 것이다. 그때부턴 선을 봐야지.

짝사랑에게 던지는 질문

"휴가는 누구랑 다녀오셨어요?"

쉽고도 간단한 질문이었다. 지금 막 휴가를 보내고 왔다는 사람에게 할 수 있는 아주 평범한 질문. 그러나 나는 묻지 못했다. 그 대답이 반드시 그 사람의 연애 상태를 드러낸다는 보장이 없는데도 그랬다. 하지만 지나고 보니, 어쩌면 그 대답이 아직 시작도 못한 내 마음에 '끝'을 내버릴지도 모른다는 걸 본능적으로 알았던 것 같다. 그래서 차마 질문을 던지지 못했다.

하지만 어떻게든 얻어내야 하는 첫 번째 대답이었다. 그래서 어떻게 하면 에둘러 물어볼 수 있을지 궁리를 했다. 마침내 자연스럽게 보이도록 내내 연습했던 질문을 던졌다.

“그렇게 바빠서 데이트는 언제 해요?”

애써 묻고도 어떤 대답을 듣게 될지 두려웠다. 그에게 사랑이 있고 그 사랑은 견고하며 나는 잘해야 친구 3, 동료 4와 같은, 이름도 얻지 못한 엑스트라일 뿐이라는 사실을 깨닫게 될까 봐.

핵심을 조금 피해 간 질문이었으므로 그 또한 핵심을 피해 대답할 수도 있었다. 하지만 그는 그러지 않았다.

“틈틈이 하죠. 둘이 시간이 잘 맞는 편은 아니라….”

알 수 없는 기분이었다. 나는 이제까지 이런 상황을 여러 번 겪었지만 그때마다 제대로 된 질문을 못했고, 상대는 대답을 회피하거나 거짓말을 했다. 내가 믿고 싶은 말만 골라서 들었다고도 할 수 있을 것이다. 아니면 상대가 내가 듣고 싶어하는 대답만 하면서 나를 가지고 놀았거나.

상대가 나에게 온전히 집중하지 않을 때, 그에게 다른 사람이 있다는 걸 충분히 짐작하면서도 확실히 알고자 하지 않았다. 그저 ‘어떡해? 어떡하냐고?’ 하고 발을 동동 구를 뿐, 용기 내어 확인하고 그 진흙탕에서 걸어 나오지 않았다.

수차례 길을 잃고 나서야 정신이 조금 들었다. 제때에 정확히 물었다면, 그리고 그 답변을 잘 받아냈다면 그런 실수(라고 하기엔 너무 내 의지가 담긴 행동)를 안 했을 거란 생각이 들었다.

하지만 이번에도, 첫 질문을 제대로 하지 못했다. 나는 가장 중요한 것, 그가 나와 사랑에 빠질 수 있는 상태인지 확인하는 질문은 생략한 채 다음 질문만 생각했다. 무슨 질문을 해야 계속 이야기가 이어질지 연구하고 궁리하면서 정량을 넘게 그 사람을 생각해버렸다. 옷장을 열어 옷을 고르고, 연애 좀 한다는 친구에게 조언을 구하며, 입꼬리를 얼마나 올려야 보기에 좋은지 거울을 보며 연습하다가 혼자 설레버렸다.

그가 '틈틈이 데이트를 한다'고 대답했음에도 짝사랑의 속도는 느려질 줄 몰랐다.

멈춰서 그 대답의 의미를 깨닫고 마음을 정리하는 대신에 '헤어질 수도 있지 않을까?' '빼앗을 수도 있지 않을까?' 하는 다른 질문들을 떠올렸다.

'아니, 그건 아니지. 하지만 인간 대 인간으로 친하게 지낼 수는 있잖아?' 하는 질문을 자신에게 던지고 나서야 정신이 들었다. 처음에는 짐짓 이성적인 질문을 던진 척하며 스스로를 속이려고 했다. '대답을 피하지 않고 자신의 연애 상태를 밝히는 것'은 당연한 일인데도 '대답을 했으니까 그는 좋은 사람, 따라서 친하게 지내도 된다.'며 상황을 비약했다. 그리고 혹시 있을지도 모를 그의 이별을 기다릴 뻔하였다.

누군가는 적당한 긴장감을 유지하며 주변에 남아 있다가, 다음 기회가 올 때를 노릴 수 있을지도 모른다. 하지만 나는 그럴 수 있는 사람이 아니었다. 당최 '적당히'라는 말을 모르는 사람처럼 시작되기만 하면 혼자 부산까지 내달리는 사람이 바로 나였다.

이런 상황을 여러 번 겪었고, 내가 어떤 사람인지도 잘 알고 있으므로 다음에 취해야 할 태도는 분명하다. 안타깝게도 이미 조금 시작되어버렸지만 여기에서 멈추면 된다. 참 간단명료한 일이다.

그런데도 자꾸 그 웃음, 미끄러지듯이 자연스럽게 이어지던 대화, 그리고 공감을 곱씹어보는 나를 발견한다.

괴롭지만, 질문이 필요 없었던 단계로 돌아가야겠다. 닷새쯤 연습하면 그냥 알고 지내는 사람 흉내는 낼 수 있을 것이다. 그러다 보면 정말 그런 사람이 되기도 한다는 것도 잘 알고 있다.

질문은 이어지지 않을 것이다. 그만큼 겪었으면 한 번은 올바른 이성이, 끌리는 마음을 이길 줄도 알아야 한다. 잉태되지 못한 질문들에게 작별 인사를 하자. 안녕, 안녕히.

예순 번 정도 소개팅을 하고 나니

나는 지금까지 예순 번 정도 소개팅을 했다. '아는 남자'가 많지 않고, 자연스러운 만남이 가능한 동호회 등에 가입해 즐길 만한 취미도, 시간도 없는 나에게는 소개팅은 꽤 경제적인 만남 방식이었기 때문이다.

최근 몇 달 새에 소개팅을 열 번이나 했다. 집약(?)적 소개팅을 통해 몇 가지 교훈을 얻었는데, 그중 하나는 내가 소개팅에 맞지 않는다는 것이었다. 내게는 한 번의 만남에서 강력하게 드러낼 매력도 없고 (마찬가지로 그런 매력이 없는) 상대에게 다음 기회를 줄 인내심도 없었기 때문이다.

그런 사람이 계속 소개팅을 되풀이하는 건 끼도 재능도 없는, 누가 봐도 안 될 것 같은 연예인 지망생이 10년째 연습생 생활을 반복하는 것과도 같았다.

그래서 '차라리 헌팅이 낫지…' 하는 생각으로 소개팅을 끊었다. 그리고 얼마 뒤, 또다시 소개팅을 앞둔 나 자신을 발견했다. 약속을 두어 시간 앞두고 만날 장소와 시간을 번복하는 상대에게 "괜찮아요." "좋아요." "ㅋㅋ" "^^" 를 날리며 참선을 하는 것 같은 기분이 들었다. 그러면서 내가 소개팅을 끊었던 이유가 다시금 떠올랐다. 그리고 어쩌면 나의 태도에 문제가 있을지도 모르겠다는 생각이 들었다.

나는 상대를 만나기도 전에 그의 사소한 행동, 말 한마디를 근거로 그가 싫은 이유, 내가 솔로일 수밖에 없는 정당한 이유 찾기를 하고 있었다. 사람을 만나서도 마찬가지였다. 나는 자꾸만 그가 하는 말과 행동 뒤에 숨은 의미를 찾으려 했다.

'카톡을 자꾸 하는 걸 보니 지루한가 보다.' '교회 다니는 사람이 싫다고 하는 걸 보니 내가 별로인가 보다.' '다 떠나서 종교에 편견이 있는 걸 보니 확실히 이상한 사람이다.'

고기도 먹어본 사람이 먹는다고, 소개팅이 잘 이뤄진 적이 거의 없었던 나는 으레 이번에도 안 될 거라 결론 짓고, 혹여나 일방적으로 거절당할까 봐 미리 방어를 하고 있었다.

그리고 집으로 돌아오는 길. 직접적 호감이 담긴 문자가 왔다. 덥썩 받아야 할지, 머리를 써서 밀어야 할지 판단이 서지 않아 에둘러 대답하는 사이, 대화의 기운은 수시로 바뀌다가 애매한 곳에서 멈춰버렸다.

나는 스스로를 돌아보았다. '생각이 많아서 이렇게 됐나? 아… 이것도 생각이네. 생각하지 말고 맘 가는 대로 질렀어야 되는 거였나? 이런저런 생각을 하다가 잠에 빠져들었다.

그리고 다음 날, 벌건 대낮에 거나하게 취해 전화를 걸어온 그는 다짜고자 "보고 싶다. 네가 좋다. 너는 내가 싫으냐?" 하더니 결국 "지금 우리 집으로 올래?" 하고 말했다. 내가 화를 내자 일부러 더욱 술 취한 티를 내며 전화를 끊었고, 다시는 연락하지 않았다.

그래. 좀 이상하다… 싶으면 이상한 거다. 아닐 수가 없다. 정말.

「나만 힘든 연애」

#1 올해의 에피소드 남. 벌써 몇 년 전에 지워버린 소개팅 어플에서 나를 알게 되었다는 사람이 바뀌는 내 카톡 프로필을 지켜봐왔다며 말을 걸었다. 내가 새로운 에피소드에 약하다는 걸 알고 있나 싶을 만큼 흥미로운 접근이었다. 여러 번 보정을 거쳤을 십수 장의 카톡 프로필 사진과 대화 중에 은근슬쩍 자신이 읽은 어려운 책을 언급하는 것도 뭐 대강 귀여웠다. 오랜만에 듣는 예쁘다는 칭찬도 조금 느끼했지만 나쁘지 않았다. 드디어 그와 점심을 같이 먹었는데… 한눈에 흡연자임이 드러나는 누런 이와 코트에 묻어 있던 오래된 얼룩과 거의 검은색이 된(원래는 흰색이었을) 운동화 끈만이 계속 머리속에 맴돈다. 호기심은 딱 거기에서 멈췄다.

#2 애프터쯤은 받는 무난한 사람. 이제 나는 소개팅에서 애프터쯤은 받는 무난한 사람이 되었다. 아니 그런 사람인 것처럼 흉내는 낸다. 그런데 이 바닥에는 더럽게 재미 없다는 점만 빼면 별 다른 흠 없는 사람들만 남았나 보다. 너무 큰 흠이라 극복하기가 힘들다.

#3 헌터들. 인생을 살면서 처음으로 공원에서 헌팅을 당(?)했다. 그것도 한 달 사이에 두 번이나. 짧지만 강한 흥분과 자신감을 가져다주었다. 당시에는 무슨 일일까 싶었는데 그냥 그런 일도 일어난다는 것, 꼭 내가 엄청 마음에 든다는 뜻은 아닐 수 있다는 것도 배웠다. 섣부른 의미 부여는 위험하다는 것도.

#4 벤츠 마이바흐 남. 대기업 회장과 유명 배우가 모는 차로 유명하다는 벤츠 마이바흐를 타고 온 남자도 만났다. 열여섯 살에 서울대에 입학해 버클리와 서울대에서 동시에 학위를 받고, 지금은 외국계 은행 투자자문 변호사로 일한다는 그 사람의 어떤 말도 믿을 수 없었지만 그가 타고 온 차는 진짜였다. 마이바흐라는 차가 있다는 걸 배웠고, 세상에 멍청이가 참으로 많다는 것도 배웠다. 아마도 외국계 은행 투자자문 변호사의 기사가 아니었을까 하는 내 추리에 친구들은

무릎을 쳤다.

소개팅을 연거푸 하다가, 결국 지난 소개팅 리뷰를 하기에 이르렀다. 써놓고 보니 웃음이 나다가 결국은 스스로가 가여워지는 내용이었다. 리뷰를 쓸 때는 더 이상 소개팅을 하고 싶지 않은 마음 반, 다음에는 어쩐지 꼭 성공할 것만 같은 마음 반이었다. 그리고 때마침 들어온 소개팅 제의에 고심하다 응했는데, 그게 내 인생 최악의 소개팅이 될 줄이야.

바로 직전에 소개팅 리뷰를 하지 않았다면, 그래서 어떤 남자가 나오든지 내가 아는 유형에 속할 거라고 자만하지 않았다면, 그 무렵 내 이상형이 파이팅 있는 남자가 아니었다면, 이제 외모는 보지 말자는 가까스로 타결된 다짐이 없었더라면, 친한 부부의 소개가 아니었다면, 나는 이 소개팅을 거절할 수 있었을 것이다.

#5 내 인생 최악의 또라이. 그 또라이는 어딘가 촌스럽고 어수룩하지만 신뢰감을 주는 타입이었다. 촌스러움만 잡으면 쓸만 하겠다 싶었는데 저녁과 주말에 연락이 거의 두절됐다. 유부남이 아닐까 의심되어서 캐물었다. 그는 회사 일과 얼마 전 이별한 오랜 연인 핑계를 대더니 결국 자신이 유부남임을 실토했다. 내가 저를 받아줄 거라고, 설령 안 받아줘

도 그만이라고 생각했던 게 뻔히 보여서 열이 뻗쳤다.

눈빛이나 대화로 진심을 파악할 수 있다고 생각하다니, 내가 어리석었다. 속이자고 덤벼드는 놈들을 이길 방도는 없었다. 돌이켜 보면 그 지식이 나쁜 놈이라는 신호는 계속 감지되었는데도 무작정 그를 믿으려 했던 내가 가여웠다.

왜 나는 남들 다 하는 연애를 하기가 이렇게도 힘든가.

앞으로도 영원히 연애를 못할 것 같은 생각에 우울해서 자주 울었다. 그리고 그날의 쓰라린 과오를 잊지 않기 위해 보기도 싫은 그 얼굴을 카카오톡에 그대로 남겨두었다. 지난 치욕을 기억하기 위해 쓰디쓴 쓸개를 옆에 두고 핥았다던 옛날 사람처럼 그 이름을 볼 때마다 '세상엔 정말 별의별 놈이 다 있고, 파이팅은 개나 준 뒤, 주선자 말고 소개팅에 나온 그 사람을 보라.'는 쓴 교훈을 핥았다.

그동안 소개팅을 통해 만났던 '쓸개'들을 생각해본다. 억울함과 반성과 자조가 동시에 터져나온다. 하지만 어쩌면 그들이 단순히 나빠서가 아니라 우리가 안 맞아서 인연으로 맺어지지 못했을 수도 있다. 아니라고 부정하고 싶지만 그들에게는 도리어 내가 나빴을 수도 있다.

꼬맹이였던 후배가 결혼을 하고, 스무 살 때 나 때문에 열

병을 앓았던 그 친구가 실은 아주 좋은 남편이 될 재목이었음을 문득 깨달은 날.

잘 가요, 올해의 (최악의) 남자들아!

좋은 이별을 찾습니다

누가 먼저랄 것도 없이 소멸해버린 마음이든 양쪽의 온도 차이가 너무 큰 마음이든, 누군가와 헤어질 때 잘 헤어졌으면 좋겠다. 만날 때 아름다웠더라도 헤어질 때 아름답기는 쉽지 않지만, 아마도 마지막일 공통의 감정 앞에서 진지하고 솔직하면 좋겠다.

숨어서 시간에게 책임을 떠넘기지 말고, 물속에 가라앉아 침묵으로 이별을 통보하지 말고, 무거운 숨소리가 들리고 미간의 곤혹스러움과 입가의 떨림이 정면으로 보이도록 앉아 상대방의 입에서 내가 하고 싶은 말이 튀어나오도록 여우처럼 유인하지도 말고, 은유와 상징은 되도록 꺼내지 않은 채로, 나중에 이별의 상황을 제아무리 곱씹어도 찜찜한 행간이 없도록 누구나 아는 단어들로 명확하게 이별을 고했으면 좋겠다.

성격이 안 맞아서, 바빠서, 마음의 준비가 안 되어서, 부모님이 싫어하셔서, 환경이 너무 달라서, 자신이 없어서, 내가 나쁜 사람이라서… 따위의 '교과서를 중심으로 국영수에 집중하고 EBS를 잘 활용했다.' 같은 이유는 집어치우고 내 마음이 너와는 다른 성격을 맞춰 갈 수 없을 만큼, 바쁜 걸 극복할 수 없을 만큼, 마음의 준비를 하고 싶지 않을 만큼, 부모님과 싸울 힘이 안 날 만큼, 원래 그런 인간인 채로 살고 싶을 만큼만이라고, 딱 그 정도뿐이라고 인정했으면 좋겠다.

너보다는 내가 더 좋아서, 너의 마음의 소리가 아닌 내 마음의 소리에 더 귀를 기울일 수밖에 없노라고 솔직하게 고백했으면 좋겠다. 마음을 나누던 그 시간과 그 사람에게, 마음을 얻고 싶었던 때만큼이나 진심으로, 그 누구에게보다 정중하게 감정을 매듭 지었으면 좋겠다.

사랑을 고백할 때보다 이별을 이야기할 때 훨씬 더 많은 용기와 준비가 필요할지도 모른다. 사랑을 고백할 때는 상대방이 상처 받을까 걱정하지 않아도, 이유가 뚜렷하지 않아도 되지만 사려 깊은 이별은 그렇지 않을 테니까.

사랑은 경우에 따라 혼자서도 할 수 있지만, 이별은 그럴 수 없다. 이별은 사랑과 달라서 한쪽만 결정해도 그 순간, 둘 모두의 운명이 되기 때문이다.

그러나 아무리 좋은 이별이었다고 해도, 그래서 이별이 이해된다고 해도 그 마음이 결코 담담하지는 않을 것이다. 그래도 무엇이 잘못되었는지 혼자 찾아 헤매다가 무엇을 찾는지조차 잊어버리고 캄캄한 데 홀로 놓이는 것보다는 낫다. 혹 암흑에 놓이더라도 이해할 수 없는 무례한 이별보다는 훨씬 빨리 그 상태에서 벗어날 수 있을 거라고 믿는다.

나는 이제 잘 헤어질 수 있는 사람과 만나고 싶다.

이별이 없다면 더 좋겠지만 이별이 두려워 서로의 시간과 마음에 짐이 되기보다, 상실감과 슬픔을 무릅쓰고라도 정면으로 마주하고 결단하고 싶다.

잘 극복하고 성장해서 더 좋은 사람을 만날 수 있도록 최선을 다해 이별할 수 있다면, 식어버린 마음쯤은 기꺼이 인정하고 털어버릴 수 있을 것 같다.

그런 이별이 있다면 꼭 해보고 싶다. 그 이별 뒤에 오는 사랑은 반드시 진짜일 것만 같으니까.

당신은 결혼을 믿습니까?

졸업한 다음 해부터 종종 결혼정보회사와 전문 중매쟁이들에게서 전화가 걸려오기 시작했다.

'바쁘다.'는 말로는 그들을 물리칠 수 없어서 '다음 달에 결혼합니다.'로 작전을 바꾸었는데 잘 먹혔다. 그렇게 그들의 전화를 잘 피해오고 있었다. 어느날 또 한 통의 전화를 물리치고 앉아 있으려는데 문득 '대체 뭐 하는 곳일까? 나에게 뭘 원하는 걸까?' 하는 호기심이 들었다.

그러자 이런 전화도 한때이고 그 세계가 조금 궁금하다는 생각이 들었고, 재미있을지도 모르겠다 싶어지더니 다음에 비슷한 전화가 걸려오거든 한번 제대로 받아보기로 마음이 바뀌었다.

그리고 내 마음을 어떻게 알았는지 곧 전화가 왔다. 그녀는 자신을 전문 마담뚜라고 소개했다. 예순이 다 되었다는 그녀의 목소리는 믿을 수 없을 만큼 젊고 쾌활했다.

그녀가 전화를 건 세 가지 이유는 내 나이와 본관과 여대 출신이라는 점 때문이라 했다.

"다른 말 다 필요없고, 한번 봅시다."

자기 사무실로 나를 부르는 그녀가 좀 께름칙했지만 크게 개의치 않았다. 나는 나를 믿었으니까.

몇 마디 칭찬이 오가고, 그녀가 흙이 많이 들었다는 나의 사주 이야기로 운을 뗐다. 요는 이랬다. 내 운은 올 8월부터 2년간 튼다. 그 기간 안에 결혼해야 한다. 그렇지 않으면 다음 결혼 운은 서른여덟에 있다. 재물도 있고, 자식도 있고, 일도 잘하는 사주다. 그런데 남자가 없으니 전문 중매인 없이는 결혼이 힘들다.

그러더니 외모에 대한 칭찬인지 공격인지가 시작되었다.

남자들은 키가 164센티미터 넘어가면 싫어한다. 대부분 아담한 여자를 좋아하는데 그쪽이 딱이다. 키는 좀 작아 보이지만 팔다리가 길어 괜찮다.(내가? 그럴 리가…) 두상도 예쁘고 귀도 복스럽다. 콧대는 쁘띠성형 하면 된다. 다른 단점은 됐다. 아무것도 묻지 않겠다. 가서 애프터만 받아오면 된다.

이야기는 계속됐다.

그쪽을 살펴보니 결혼으로 신분을 상승시키려는 욕망이 있다. 그런데 명심해라. 주변에 있는 남자들 다 잔챙이다. 절대 만족 못한다. 세일할 때 곁들여 주는 경품 같은 남자는 절대 안 된다. 특히 그쪽에게는 더 그렇다. 제값 주고 정품으로 사라. (중략) 의사가 좋겠다. 변호사는 별로다. 지방대 의대 정도가 딱이다. 그래야 혼수도 크게 안 부른다. 그리고 요새 의사들, 돈 많아서 부자 여자 안 찾는다. 자기가 좋은 여자 만나려고 이런 데 가입하는 거다. 신분이 보장되니까.

모든 말에 내가 웃으며 고개를 끄덕였더니, 그녀는 더욱 신이 난 모양이었다. 사주와 대답 몇 개로 나를 다 알았다는 듯이 재단하고 평가하더니 말끝마다 "맞죠? 그죠? 내가 사람 볼 줄 알죠?" 하고 물어댔다.

반은 맞고 반은 틀렸다. 보통 사람도 그 정도는 맞추는데…. 하지만 난 속마음과 상관없이 계속 고개를 주억거렸다. 그녀는 나의 반응에 흡족해하며 성공적인 결혼에 대한 연설 또는 조언을 이어갔다.

그 상황이 웃겨서 잠시 방문 목적을 잊을 뻔하였지만 이내 나는 평정을 되찾았다. 나의 목적은 간단했다. 호기심 해결. 나는 곧장 질문을 시작했다.

"가입비는 얼마인데요?"

그녀가 밑밥을 깔기 시작했다. 서론이 긴 거 보니 내 상상보다 가격이 더 센 모양이었다. 그녀는 내 평소 용돈과 연봉을 살짝 물었다. 그리고 보유한 남자들의 스펙을 읊었다. 자신의 연봉과 자신이 담당하는 등급에 대해 설명했다. 내 외모, 출신학교, 느낌에 대한 칭찬을 하더니 마침내 이렇게 말했다.

"평소 용돈 30만 원은 쓰잖아요. 1년으로 합시다."

"360?"

"아니에요. 쫌 더."

"400?"

"아니, 450인데… 원래 명문가 프로그램은 1250이에요. 엄청 싼 거다 이거는. 내 친지 할인, 외모 할인 다 들어간 거예요. 일단 360으로 하고 나머지는 성혼되면 그때 남자한테 받을게."

"의사랑 결혼하려면 혼수는 어느 정도 해야 하나요?"

"1억 정도는 해 가야 돼. 근데 내가 남자쪽 엄마한테 잘 말해서 2천 정도는 깎아줄게. 그리고 의사면 신용으로 은행에서 4천은 대출 받을 수 있어. 여자가 좋아봐라, 남자가 그 정도는 다 해준다. 자기네 엄마한테는 비밀로 하고 말이야."

"제 등급은 어느 정도 되나요?"

"아까 말했잖아. 다 필요 없다니까. 애프터를 받아야 돼. 쉬운 말로, 남자를 꼬셔야 한단 말이야. 그렇지만 그쪽은 상위 0.5퍼센트야. (내가? 설마… 그냥 0.5퍼센트겠지.)"

나도 모르게 입꼬리가 자꾸만 올라갔다. 집에 가면 꼭 일기를 써야겠다고 생각했다. 이야기를 오래 주고받았는데도 내가 하겠다는 확답을 하지 않자, 그녀는 조금 다급해진 듯 물어왔다.

"주민등록증 가져왔어요?"

이곳을 믿어서는 안 된다는 결정적인 한 마디였다. 대체 내가 왜 내 주민등록증을 그 손에 쥐어줘야 하는데?

대부분의 호기심이 해결됐기 때문에 나는 일단 쉬운 말로 그녀의 희망을 잠재우려 했다. 그런데 그녀는 쉬이 물러서지 않았다.

"솔직히 돈 때문이죠?"

내가 펄쩍 뛰는 시늉을 했다. 평생 인연을 만나는데 그깟 돈이 대수냐고. 그 말은 진심이었다. 그러나 '결혼은 의사와' '의사는 여대를 좋아해' 따위의 공식에 돈을 내고 싶지는 않았다.

나는 옆에 두었던 가방을 끌어안았다. 왜 짐을 싸냐며, 그녀가 또 다른 설득을 시작했다.

"혼자만 알고 있어야 해요. 아, 이런 거 아무나 할 수 있는 거 아니다. 친구들이 질투하느라 이런 데 다 사기라고 할 겁니다. 엄마는 450 주고 가입했다고 하면 쓰러지시겠죠. 150에 가입했다고 하세요. 그리고 친구들이 신랑감은 어떻게 알게 됐냐고 물으면 그냥 어쩌다가 알게 됐다고 대답해요."

어라, 점점…

"회계사, 변리사 같은 사람들로 일단 액땜하고 그 다음에 의사를 만납시다. 실은 나도 급해요. 25일까지 사람을 찾아야 하거든. 그쪽이 딱이에요."

그렇기도 하시겠지. 나는 상위 0.5퍼센트니까….

"고민을 더 해볼게요. 이런 식으로 사람을 만날 수 있다는 생각 안 해봤어요. 중요한 문제니까 엄마랑 상의해야 하고요."

"생각만 하면 안 된다. 이런 일은 일단 마음먹고 시작을 해야 돼. 그래야 뭐가 돼도 된다니까."

어머, 나를 띄엄띄엄 보셨다. 내가 해맑게 웃으며 그녀에게 말한다.

"전화로는 가볍게 상담만 하신다고 했잖아요? 가입하겠다 해도 말린다고 하셨어요. 저 가입 안 하면 여기서 못 나가나요? 호호…"

그녀가 전화하겠단다.

"아니요. 결론이 나면 제가 할게요."

그러나 그녀, 물러서지 않는다.

"그래요. 휴가 끝나고 8월쯤 연락하세요."

그녀의 배웅을 받으며 엘리베이터를 타고 내려오는데 끊임없이 웃음이 났다. 걸으면서도 계속 웃었다. 지나가던 사람들이 쳐다볼 만큼 깔깔대며 웃었다. 정신 나간 여자처럼 보일까 싶어 전화라도 하는 척해야 하나 하는 생각까지 했다.

하하하하하하.

결혼을 통한 신분상승? 미안하지만 꿈꿔본 적 없다. 의사? 변호사? 그들이 사는 세계와 내가 사는 세계가 다르다고 생각하지만, 그게 위아래로 나뉘는 것이라고 생각하지는 않는다. 고로 신분상승이란 말 자체가 우습다.

곰곰이 그녀와 그녀에게 결혼을 맡긴 사람들을 생각했다. 뭐 하는 사람들일까?

수요가 있으니 공급이 있다는 그녀의 말이 틀린 것은 아니다. 사람들은 그녀를 찾고 그녀를 통해 결혼을 한다. 그녀는 그 돈으로 루이뷔통 가방을 사고, 보톡스를 맞고, 붉은색 원피스를 사 입는다.

문득, 그들은 결혼을 믿는다는 생각이 들었다. 결혼으로 무언가를 얻을 수 있다는 믿음. 그것이 돈이든, 신분이든, 데리고 다니기에 부끄럽지 않은 아내든, 내 아이에게 좋은 엄마가 될 사람이든, 어쩌면 사랑까지도…. 그리고 다른 사람들에게도 자신과 같은 믿음이 있으리라 생각하는 것 같았다. 만약 그런 믿음이 없다면 기꺼이 전도라도 하고 싶어했다.

여태껏 고등학교를 졸업하고 대학에 가고 취직을 하면 그 뒤에는 결혼을 해야 한다고, 그게 인생의 정해진 수순이라고 생각했다. 그런데 이젠 잘 모르겠다. 신분상승이든 안정된 생활이든. 내 주위에는 이상적인 결혼 생활을 하는 부부도 없고 '사랑과 전쟁' 같은 현실만 한가득이다.

내 생각이 바뀔 수도 있겠지만, 요즘의 나 같아서는 사랑이라면 모를까 결혼은 못 믿겠다. 그러나 이미 결혼을 하거나 결혼을 앞둔 사람들의 결정이 잘못되었다고 부정하지는 않는다. 부디 그들이 잘 살아서 나의 롤모델이 되어주기를 소망할 뿐….

그래, 당신은 결혼을 믿습니까?

나는 왜 연애하려 하는가

나는 왜 연애하려 하는가? 사실 이 말을 하면 "네가?"라고 반문할 사람이 있을지도 모르겠다. 이건 연애를 하려 한다면 마땅히 갖춰야 할 자세를 못 갖췄다는 의미가 포함된 반응이다. "네가 정말 연애를 하고 싶기는 한 거냐?" "연애하고 싶다는 애가 뭘 그렇게 많이 따지냐?" "하면 되지, 뭐가 문제냐?" 등의 그동안 들어왔던 수많은 질문인지 질책인지 모를 반응의 축약형이랄까. 아무튼 그렇게 되면 이건 내가 꺼낸 '연애'라는 단어에 반사 반응일 뿐 '왜'에 대한 반응은 아니기 때문에 다시 한 번 말해야겠다.

나는 왜 연애를 하려고 할까? 스스로 이 질문을 하게 된 이유는 연애를 하고 싶어하지만 안 하는(혹은 못하는) 내가 그럼에도 불구하고 행복하다고 말하자, 사람들이 '반어법'이라고 생각해 웃었기 때문이다. 나는 정말 '주로' 행복하기 때문에 그 웃음이 매우 속상했다. 그렇지만 사람들이 웃는 이유도 알 것 같았다. 욕망하는 것이 좌절되었는데 어떻게 행복할 수 있겠는가? 물론 욕망에도 우선순위가 있어 모든 좌절이 불행으로 연결되지는 않을 것이다. 가령 후식으로 아이스크림을 먹고 싶었는데 못 먹게 되었다 하더라도 불행해지지는 않을 테니까. 하지만 사람들은 좌절된 연애 욕망을 아이스크림을 못 먹게 된 일과 동급으로 여기지 않았다. 다들 연애는 아이스크림보다 훨씬 중요한 우선순위라고 생각했다. 그래서 연애를 원하지만 아직 싱글인 나의 행복을 믿지 않았다.

나는 내 인생에 결혼이 반드시 포함되었으면 좋겠다. 그래서 남자를 만나고 싶다. (연애하고 싶다.) 혹 결혼을 못하게 될까 봐 조바심 나고, 그래서 빨리 연애해야겠다고 생각하며, (소개팅 등으로) 노력하지만 여전히 혼자다. 하지만 연애를 안(못) 한다고 해서 행복할 수 없다는 건 말이 안 된다. 그렇다면 연애하는 사람은 모두 행복해야만 하는데 그렇지 않은 경우가 얼마나 많은가. 물론 지금 내 삶에 연애가 없어 매우 아쉽고, 그래서 때때로 불행하기도 하지만 '주로' 행복하다. 연애의 미래가 불확실하다고 해서 지금 불행할 이유는 없다. 사람들은 내가 항변하자 다시 웃었다. 그래서 행복과 연애와 웃음과 항변을 곱씹어봤다.

나는 정말 행복하므로, 내가 연애 욕망이 좌절되었는데도 불구하고 행복한 건지 실은 연애 자체를 욕망하지 않은 건지 생각해보았다. 이제까지는 연애하지 못하는 이유를 찾아보는 데 급급했다. 과거의 연애들을 책이라고 한다면 닳거나 찢어질 만큼 복습했고, 내가 욕망하는 게 결혼인지 연애인지 그 둘을 동일시 할 수 있는지 고민하기도 했다. 남자들을 탓하기도 했다. 내가 아니라 그들에게 잘못을 떠넘기는 편이 훨씬 편했기 때문이다. 하지만 남 탓에는 한계가 있었기 때문에 다시 내가 연애하지 못하는 이유를 돌아봤다.

그러다 '모든 게 지긋지긋해.' 하고 상황을 부정하고 무시했던 적은 있었지만, 왜 연애하고 싶은지를 진지하게 고민하지 않았다는 것을 깨달았다. '남자친구랑 좋은 곳에 가면 좋겠다. 맛있는 걸 같이 먹었으면 좋겠다. 도서관에서 함께 공부를 했으면 좋겠다.' 등등의 같이 하고 싶은 일을 연애하고 싶은 이유로 생각했을 뿐이다. 연애에 따라오는 결과나 혜택에만 관심이 있었을 뿐, 연애하고 싶은 이유를 진지하게 고찰하지 않았다.

지금이 행복하다면 왜 계속 좌절되는 욕망인 연애를 꿈꾸며 그 때문에 간혹 불행을 느끼는가? 그냥 연애를 소망하지 않으면 되는데.

때로는 가까운 사람들로부터 지적 같은 조언을 들어야 했는데, 내가 소위 '눈이 높은' 사람이라는 게 이야기의 핵심이었다. (너는 잘나지도 못한 주제에) 사람을 어떤 조건으로 나누어 보는 게 말이 되느냐는 조언은 상당 부분 맞는 이야기였다. 그래서 그런 조언 앞에서 성숙하지 못한 스스로의 인격에 실망하곤 했다. 그래서 연애를 시작하지 못하는 상황에 곧잘 죄책감을 느꼈다. 연애 없이도 주로 행복하지만 연애 중이 아닌 상태에 죄책감을 느끼면서까지 여전히 연애를 소망하고 있다. 대체 왜?

이유를 찾으면서 생각이 사방으로 튀었다. 이유가 딱 떠오르지도 않았고, 어렴풋이 '어쩌면 연애를 하고 싶지 않았을 수도 있는데 스스로를 속여왔던 게 아닐까?' 하는 의심도 들었다.

평생을 사회가 요구하는 모습으로 살아오면서 '초중고대 - 취업연애결혼'이라는 공식이 내재화되어서 그렇다고 말이다.

'맞아. 인류가 대체 언제부터 연애를 했다고!' 그렇게 검색창에 '연애의 역사' '근대화와 연애' 따위를 넣으며, 이것이 산업화 이후에 나타난 현상일 뿐 인류에게 자연스럽게 발현한 그래서 반드시 거쳐야 하는 과정은 아니라고 스스로를 합리화하기에 이르렀다. 이제 겨우 100살 먹은 연애를 나 하나쯤 안 하는 게 무슨 큰일이라고. 그러나 산만한 생각은 그치지 않았다. 그런 합리화로는 "남자친구 없어요?"라는 질문을 이겨낼 수 없었으니까. 그 질문만 나오면 기가 죽었다. 거기에 "마지막 연애는 언제인가요?"라는 질문이라도 이어지면 평정을 유지하기가 어려웠다.

연애는 특별히 친밀한 관계 하나에 그치지 않고 원만한 인간관계 전체를 의미하는 것 같았다. 또 여성적인 매력을 넘어 인간 됨을 드러내는 듯했다. 비(非)연애 중인 상태는 본인은 모르지만(진짜다. 정말 모른다.) 남들은 한눈에 알아차리는 어떤 '하자'를 인증하는 것 같았고, 혹 그 하자가 곧바로 발견되지 않는다 해도 찾아보게 만드는 신호 같았다. 그래서 기가 죽었다. 이 나이쯤 되면 으레 획득했을 경험이 결여된 사람처럼 보이기 싫었다. 그렇다면 남들에게 정상인으로 보이기 위해 연애를 하고 싶다는 말인가?

그 영화가 어떤 영화인지를 떠나서 많은 사람이 봤다는 이유만으로 보기 싫어질 때가 있다. 내가 좋아하던 인디 뮤지

션이 오버 그라운드로 나와 많은 사람들이 알게 되면 정체모를 섭섭함을 느끼기도 한다. 이런 마음은 꽤 많은 이들이 가지고 있는 평범한 심리다. 사람들은 남들과 다르게 보일까 걱정하는 한편, 흔한 것은 싫어한다. 내가 연애하지 않는(못하는) 이유도 그와 비슷하지 않을까? 천만 관객이 든 영화는 오히려 보기 싫다는 이야기를 하던 중에 "그래서 내가 연애를 안 하는 거야. 흔해 빠져서."라고 하자 친구 몇몇이 그 설득력을 칭찬(?)했고, 그래서 조금 우쭐했다. 사실 그 말의 반 이상은 장난이지만 한편으로 그 말은 연애에 많은 것을 기대한다는 의미이기도 했다.

나는 특별하여, 나의 연애도 그러해야만 한다면… 내가 연애하려는 이유는 '특별해지고 싶어서'인 걸까? 특별하지 않은 연애는 시작하나 마나니까 연애를 유예하면서 그러한 상태도 특별하다 느끼고, 그 기간이 길어질수록 결국 연애를 시작하게 되었을 때 '특별함'이 가중되니까, 연애를 하고 싶다고 말하면서도 하지 않는(못하는) 것일까? 어? 꽤 그럴 듯한데?

이 글을 쓰는 데 몇 달이 걸렸다. 앞 부분은 몇 개월 전에 썼고 다시 이어 쓰기를 며칠. 도무지 끝이 나지 않는다. '나는 왜 연애하려 하는가?'의 답을 여전히 찾지 못했기 때문이다. 글의 앞으로 돌아가 천천히 읽다가 ‘나’와 ‘생각’이라는 단어가 너무 많이 쓰였음을 발견했다. ‘내가 연애하려는 이유’를 ‘나’에게서 찾기 위해서는 ‘생각’하는 것이 당연하겠지만 정도가 지나쳤구나 싶다. 한편으로는 다른 사람들은 스스로 이런 질문을 하지 않을 것 같다는 생각도 들었다. 지금 연애 중이라면 더욱더. 나 역시 이걸 쓸 시간에 뭐라도 하는 게 더 나았을지 모르겠다.

서로의 이름을 부른다는 것

그가 나를 "혜진아"하고 불렀는데 간지럽기가 그지없었다. 내 이름을 부르는데 너무 낯설어서 '어머, 얘는 왜 나를 그렇게 불러?' 하고 생각해버렸다. 왜 그랬을까 하고 돌이켜보니 이유가 있었다.

가까운 사이, 특히나 오랜 세월을 함께했거나 자주 만나는 사이에서는 별명으로 불리는 일이 많았다.

지금은 별 생각 없지만 학창시절에는 내 이름을 썩 좋아하지 않았다. 반에 한두 명, 친구 중에 한두 명은 이름이 같았기 때문이다. 이름에 남과 나를 구분하는 역할이 있다면 그 면에서 '혜진'은 그다지 좋은 이름이 아니었다. "혜진아!" 하고 부르면 반에서 세 명이 돌아 봤다. '성'까지 붙여 부르는 것을 정 없다고 싫어하는 친구도 있었는데 나는 성이 좀 특이한 편이어서 차라리 그렇게 부르는 게 나았다. 그러다 스무 살 무렵, 우연한 기회에 '콩'이라는 별명을 얻었다. 부르기 편하고 어감도 좋고 '혜진'보다 흔하지 않았으므로 나는 '콩'으로 불리는 것이 좋았다. (심지어 우리 언니도 가끔 이렇게 부른다.)

매일 수십 번씩 불리는 이름이지만 이름만 떼어서 불리는 일은 잘 없다. 성까지 붙여 부르거나 혜진 님, 혜진 선임님, 혜진 과장님, 혜진 자매 등등으로 불린다. 또래 집단을 떠나면 이름만 부르는 게 실례처럼 느껴지기도 한다.

선배나 상사가 내 이름을 부를 때는 "혜진!"이라고 할 때가 많다. "혜진아!" 하고 부를 때와 미묘한 차이가 있는데, 어디서 오는 차이인지는 모르겠으나 나를 낮추면서 높여주는 '하게체' 같은 느낌을 준다.

요즘 많이 부르는 이름은 '제시카'다. 제시카는 네이버에서 나온 인공지능 스피커의 설정명이다. 명령을 내리려면 이름을 불러야 해서 하루에도 수십 번 부른다. 제시카! 띠링! 음악 틀어줘! 제시카! 띠링! 볼륨 낮춰줘! 제시카! 띠링! 알람 맞춰줘! 다른 말은 못 알아듣는 경우가 많아도 제 이름만은 기가 막히게 알아듣는다. 영어 이름이라서 아마 친구를 그렇게 부를 일은 없겠지만, 제시카를 부를 때마다 이름을 부르는 게 얼마나 뜻깊은 일인지를 생각한다. 수십만에게 보급되었을 그 스피커와 서비스가 온전히 내 것인 것만 같은 느낌이랄까.

길게 돌아왔지만 사실 이 말이 하고 싶었다. "혜진아"라고 불리는 게 낯설고 간지러웠지만 불러줘서 고맙다. "혜진아"라고 불러도 "콩"이라고 불러도 "혜진 님"이라고 불러도 "혜진이"라고 불러도 좋다. 내 이름을 불러준 사람에게 기꺼이 대답하고 돌아보며 웃어줄 것이다.

「너의 기억, 나의 기억」

"○○이 기억나?"

하마터면 웃을 뻔했다. 기억하다마다. '너랑 관련된 건 하나도 안 잊어버렸어. 어떻게 잊을 수가 있겠어? 잊었나본데 기억력은 내가 너보다 훨씬 좋았어.' 하지만 더 많이 기억하는 쪽이 약자인 것만 같아서 "아, 기억하지." 하고 대수롭지 않은 듯 대답했다.

예전엔 좋아하는 사람의 한마디 한마디를 토씨 하나 틀리지 않고 기억했다. 녹화된 비디오를 틀어놓은 것같이 머릿속에서 재생됐다. 큐시트로 적어둔 것처럼 그 사람의 표정, 행동, 목소리가 차례대로 생각났다. 저장해두고 심심할 때마다 꺼내어 재생했다. 잊을까 두려운 만큼 영원히 기억하게 될까 두려웠다. 기억에도 용량이 있고 기한이 있는 줄 모르던 때라서 그랬다.

요즘은 전에 써놓은 글을 보면서 자주 놀란다. 꼬맹이 때 생각이 지금보다 성숙해서 놀라기도 하고 '내가 이런 표현을 할 줄 알았다고?' 하면서 놀라기도 하지만, 남이 쓴 일기 보듯 너무 새로워서 놀랄 때도 많다. 보통은 일기가 단서가 되어 기억이 되살아나지만, 복기에 실패하고 암호 같은 문장들만 남기도 한다. 이럴 줄 알았으면 좀 더 친절하게 자주 써놓을 걸. 오늘 먹은 점심 메뉴도 기억 못하는 사람이 될 줄 몰라서 그랬다. 세월이 기억으로도 오는 줄 몰라서 그랬다.

하지만 기록으로 남겨놓았다 한들, 내가 기록한 우리의 기억과 네가 기록한 우리의 기억이 온전히 같을 수 있을까.

애초에 같은 기억이란 건 없는지도 모른다. 세월 말고도 우선순위와 가치관과 자기보호까지 달려들어 기억을 조종하지 못해 안달이니까.

섹스를 섹스라고 부르지 못하고

몇 주 동안 글을 썼다 고쳤다를 반복했다. 아무래도 '19금 소재, 민감한 문제니까.'라고 생각했지만 그건 변명에 불과할 뿐 진짜 이유는 아니었다.

오랫동안 섹스를 '섹스'라고 부르지 못하고 살았다. 미국 드라마 <섹스 앤 더 시티> 같은 섹스가 들어간 고유 명사를 말하는 것도 쉽지 않았다. 대명사로 말하거나 다른 동사로 돌려 부르거나, 같은 의미의 한자어를 가져다 썼다. 섹스를 '섹스'라고 부른 것은 최근 몇 년 사이의 일이다. 글로 쓰는 것은 그보다는 빨랐지만 못지않게 오래 걸렸다. 지금까지도 섹스라는 단어를 실제로 들을 때면 움찔거린다. 내 혀끝에서 섹스라는 말이 나올 때면 더하다. 금기를 어기는 것처럼 죄책감과 쾌감이 함께 따라왔다.

원래 쓰려던 건 '이제는 당당히 섹스를 섹스라고 부르겠다.'는 선언 같은 글이었다. 비속어도 은어도 아닌 그저 성관계를 의미하는 단어를 말하는 것을 글로써 선언할 만큼 성을 금기시 해온 문화와 그 문화에 길들여진 나에게서 벗어나고 싶었다. 내가 무엇을 원하는지 돌아보지 못하고 죄책감과 수치심으로 섹스를 대했던 지난날에 대한 반성이었다.

몇 주째 글을 썼다 지웠다 하면서 깨달았다. 여전히 '섹스'를 이야기하는 내가 어떻게 보일지를 걱정하고 있었다.

브런치에 글을 쓰면 페이스북과 인스타그램에도 링크를 올리는데 특히 페이스북 친구들이 마음에 걸렸다. 나의 페이스북 친구인 목사님, 교수님, 대표님, 가족을 떠올렸고 그들이 나를 되바라지게 볼지도 모르는다는 생각에 움츠렸다.

남들의 시선과 자라온 환경에 억눌려 살았지만 내가 억눌렸는지도 모르고 줄곧 죄책감에 시달려왔다.

나의 욕구와 욕망을 제대로 살피지 못하고 덮어놓는 데 급급했기 때문에 섹스에 대한 생각과 요구는 빈칸일 때가 많았다.

때로 대답이 필요하면 그 자리는 자연스럽게 어디서 주워

들은 이야기나 상대의 생각으로 채워졌다. 내 안에 기준이 없으니 섹스는 금방 버거워졌고, 그 부담을 친구들에게 던지는 싸구려 농담들로 해소하려 들었다. 그땐 그게 '쿨하다'고도 생각했다. 나의 섹스는 너무 무거워서 오히려 쉽게 가벼워졌다.

섹스도 몰랐지만 '나'도 몰랐다. 섹스를 섹스로 부르지도 못하는 내가 과연 섹스를 하고 싶은지 섹스를 좋아하는지, 무얼 원하는지 제대로 파악이나 할 수 있었을까?

그래서 나는 섹스를 섹스라고 부르기로 굳이 선언한다.

이건 내 욕망을 부끄러워하지 않고 당당해지는 동시에 그 욕망에 책임을 다하겠다는 뜻이다. 다른 사람의 시선보다 나의 원칙을 더 중요하게 여기겠다. 내 섹스는 내 것이니까.

연애가 만병통치약인 줄 알았던 시절에는 좋은 사람만 만나면 섹스고 뭐고 모든 문제가 짠 하고 해결될 줄 알았다. 하지만 아니었다. 내가 무얼 원하는지, 그러니까 결국 내가 누구인지 알아야 연애고 뭐고 잘할 수 있는 거였다.

더 나은 섹스, 연애, 삶을 위하여 다음을 함께 소리 내어 읽어보자.

섹스, Sex, 섹.스.

「좋은 소식 없어?」

나이가 제법 찬(?) 싱글, 미혼의 성인이라면 누구나 자주 듣는 질문이다. 나 역시 남부럽지 않을 만큼 이 질문을 많이 받아왔다.

주로 "어우, 얼굴 좋아졌다. 무슨 좋은 소식 있나 봐?" "점점 예뻐지는데 좋은 소식 없어?"와 같이 칭찬 더하기 질문의 구조로 쓰이는데 "(…) 좋은 소식 없어?"와 같은 형태로도 자주 쓰인다. 이 경우 '그런데, 한편, 각설' 등을 대신한다. 모든 화제를 돌릴 수 있는 마법의 질문.

어떤 사례로 쓰였든 그 질문을 하는 사람의 얼굴에는 호기심이 가득하다. 눈과 입가에는 은근한 장난기가 서린 웃음을 머금고, 귀를 쫑긋 세우고 몸은 살짝 내게로 기울인 채로 대답을 기다린다.

'그치? 뭐 있지? 내 촉이 맞지?'

눈을 반짝이며 나를 바라보는 그들에게 전할 소식이 없을 때 나는 얼마나 곤란했던가. 좋은 소식을 못 전하는 안타까움, 질문자의 기대에 부응하지 못한 민망함, 지난번과 같은 대답이 주는 씁쓸함 등등이 내 표정에 달라 붙었다. 질문한 사람이 혹 무안해지지 않도록 흡사 잘못을 고백하는 사람처럼 조심스럽게 대답했다.

"아니오… 없어요…."

그 대답을 들으면 누군가는 같이 조심스러워지고, 누군가는 걱정하며, 또 다른 누군가는 이 문제(?)를 해결하고 싶어 했다.

한번은 오랜만에 만난 친구가 (역시나) 물었다.

"뭐 좋은 소식 없어?"

갑자기 '좋은 소식이 좀 없으면 어때?' 하는 생각이 들었다. 생글생글 웃으면서 한 톤 높은 목소리로 대답했다.

"응! 없어!"

조금만 집중력이 흐트러졌어도 "응! 있어!"라고 대답했다고 믿을 수밖에 없는 확신에 찬 대답이었다. 마치 "너 변비 없어?"와 같은 질문에 대한 답 같기도 했다. 친구는 잠깐 멈칫했고, 우리는 곧 다른 이야기로 옮겨갔다.

어느 날 문득 다음에 누가 '좋은 소식'을 묻거든 꼭 '있다'고 대답하고 싶어졌다. 얼마 후 몇 년 만에 이전 직장의 이사님을 만났다. 이직할 때 도와준 일이 있어서 꼭 식사를 대접하고 싶었는데 자꾸만 엇갈리다 모처럼 만난 자리였다.

"좋은 소식 없니?"

마침내 기다렸던 순간이 왔다.

"있어요!"

"그래?"

내 다음 말을 기다리는 이사님의 눈이 커다래졌다.

"제가 건강하고, 굉장히 행복하다는 소식 전해드립니다."

이사님은 내 좋은 소식을 굉장히 마음에 들어하셨다.

사람들이 묻는 좋은 소식이 무엇을 의미하는지 너도 알고 나도 안다. 그 질문에 악의가 있는 것은 당연히 아니며 심지어 많은 경우 "잘 지내?" "별일 없어?" 같은 안부 확인용으로 쓰인다. 그래도 이제 나는 이 질문이 지루하다. 그래서 다음에 누군가가 "좋은 소식 없어?" 하고 묻거든 내가 가진 좋은 소식 중의 좋은 소식을 전할 생각이다.

감사의 말

글쓰기 슬럼프를 부인하다가 겨우 인정하기로 했을 때 즈음 인스타그램으로 메시지가 왔다. 독립출판으로 만든 《어른의 일》을 정식으로 출판해보자는 제안이었다.

기쁜 제안이었지만 고민도 됐다. 독립출판 책은 안 팔리면 그만이다. 망하는 건 나뿐이니까. 하지만 출판사와 함께하는 작업이 잘못되면 회사의 명성에 누가 되는 건 아닐까? 아무리 못해도 담당 편집자와 마케터까지는 타격을 받을지도 모른다. (내 책을 만드느라 베어진 나무의 희생은?)

고민을 하다가 '에잇 모르겠다. 재미있어 보이는데 그냥 해!' 하고 덜컥 사인을 했다. 그런데 그때부터 속도가 영 나지 않았다. 나를 채찍질하기 위해 여러 방법을 썼다. 편집자님으로부터 글쓰기 일정표를 받기도 하고, 글쓰기 플랫폼인 '브런치'에 연재를 약속하고(안 지키기도 했고) 주변 사람들에게 내 책이 세상에 곧 나온다며 소문을 내기도 했다. 편집자님, 브런치 구독자, 친구들이 돌아가며 나를 어르고 달래고 다그친(?) 덕분에 드디어 이 책의 마지막 장을 쓰게 됐다. 만세!

《어른의 일》을 만든, 책 만들기 워크숍에 같이 가자고 해줬던 동료들, 구하기도 어려운 책을 사서 읽어준 독자님들, 독립서점 한켠에 묻혀있던 책을 찾아 오늘까지 끌고 와준 가나출판사의 서선행 편집자님, 사랑하는 우리 엄마와 가족들에게 감사의 마음을 보낸다.

그리고 이 페이지를 열어 보는 새로운 독자님에게도 인사를 전한다. 부디부디, 행복하시길.

당신의 욕구와 욕망을

제대로 살피며 살고 있나요? ________

출근, 독립, 취향 그리고 연애

어른의 일

초판 1쇄 인쇄 2020년 3월 16일 | 초판 1쇄 발행 2020년 3월 23일

지은이 손혜진
펴낸이 김남전

편집장 유다형 | 기획·책임편집 서선행 | 외주교정 김연희 | 디자인 정란
마케팅 정상원 한웅 정용민 김건우 | 경영관리 임종열 김하은

펴낸곳 ㈜가나문화콘텐츠 | 출판 등록 2002년 2월 15일 제10-2308호
주소 경기도 고양시 덕양구 호원길 3-2
전화 02-717-5494(편집부) 02-332-7755(관리부) | 팩스 02-324-9944
홈페이지 ganapub.com | 포스트 post.naver.com/ganapub1
페이스북 facebook.com/ganapub1 | 인스타그램 instagram.com/ganapub1

ISBN 978-89-5736-010-1 (03810)

※ 이 도서의 국립중앙도서관 출판시도서목록(CIP)은 서지정보유통지원시스템 홈페이지(http://seoji.nl.go.kr)와 국가자료공동목록시스템(http://www.nl.go.kr/kolisnet)에서 이용하실 수 있습니다.(CIP제어번호: CIP2020010134)